VOLUNTAD

BENITO PÉREZ GALDÓS

PERSONAJES	*ACTORES*
ISIDORA.	SRTA. GUERRERO.
DOÑA TRINIDAD.	SRA. DOMÍNGUEZ.
TRINITA.	SRTA. BLANCO.
ALEJANDRO.	SR. DÍAZ DE MENDOZA.
DON ISIDRO BERDEJO.	SR. JIMÉNEZ.
DON SANTOS BERDEJO.	SR. CARSÍ.
SERAFINITO.	SRTA. VALDIVIA.
LUENGO, *corredor*.	SR. CIRERA.
DON NICOMEDES, *prestamista*.	SR. DÍAZ.
BONIFACIO, *dependiente*.	SR. MENDIGUCHÍA.
LUCAS, *ídem, íd*.	SR. LÓPEZ ALONSO.
UN COBRADOR.	SR. TORNER.

Director de escena: RAFAEL M. LIERN

La escena en Madrid, calle Mayor.- Época contemporánea.

ACTO PRIMERO

Trastienda de un establecimiento comercial.

ESCENA PRIMERA

DON ISIDRO, **en la mesa, examinando un libro de cuentas,** DOÑA TRINIDAD, **en el centro, sentada; junto a ella,** DON NICOMEDES, **sentado como en visita,** LUENGO, **en pie.**

ISIDRO.- **(Dando un gran suspiro, cierra el libro de cuentas.)** Si Dios no hace un milagro, no hay salvación para mi casa.

TRINIDAD.- **(Afligida.)** ¡Jesús nos valga!

LUENGO.- Querido don Isidro, ánimo. Una retirada honrosa, como dijo el otro, vale tanto como ganar la batalla.

NICOMEDES.- Justo. El valor es plata, la prudencia oro. ¿Que no puede usted vencer? Pues se retira en buen orden, y...

LUENGO.- Y acepta el traspaso que le propuse.

TRINIDAD.- ¡Traspasar, rendirse cobardemente! ¡Ay, si viene la miseria no es decoroso que nos entreguemos a ella sin lucha!

ISIDRO.- **(Con gran abatimiento.)** ¡Luchar! ¡Qué bonito para dicho! Pero, en fin, luchemos, alma, luchemos. **(Reanimándose.)** Cierto que aún podríamos... Luengo querido, don Nicomedes, yo veo un medio de salir a flote, con paciencia, y tiempo por delante... pero necesito del concurso de los buenos amigos...

LUENGO.- Don Isidro de mi alma, doña Trinidad, bien saben que les quiero como un hijo... ¡Ah, si yo tuviera capital, ya estaba usted salvado! Pero es público y notorio que mis corretajes no me dan más que lo comido por lo servido. El amigo don Nicomedes, a quien hablé esta mañana de parte de usted, ha tenido la bondad de venir conmigo para manifestarles...

ISIDRO.- ¿Qué?

NICOMEDES.- Que lo siento mucho, amigo Berdejo, que lo siento en el alma... Pero me coge sin fondos, absolutamente sin fondos.

ISIDRO.- ¡Todo sea por Dios! **(Con amargura.)**

NICOMEDES.- **(Con afectación de cariño.)** Bien sabe que le quiero como un hermano...

TRINIDAD.- Sí, sí; todos nos quieren como hermanos, como hijos, pero nos hundimos, y no hay quien nos alargue una mano, un dedo, para que nos agarremos y podamos salir...

NICOMEDES.- ¡Qué más quisiera yo, mis amigos del alma!... **(Dudando.)** En último caso...

LUENGO.- **(Aparte a DON NICOMEDES, pasando a la izquierda.)** Cuidado; no ablandarse.

NICOMEDES.- Imposible, imposible... Busque por otro lado... ¿Por qué no intenta usted algo con su vecino del entresuelo, el amigo Morales?

TRINIDAD.- ¡Oh! Morales no hace préstamos.

ISIDRO.- Es triste cosa que un establecimiento como este, tan acreditado, tan antiguo, haya existido más de un siglo con vida próspera y robusta, para venir a deshacerse en las manos del último de los Berdejos, tan honrado como el que más.

NICOMEDES.- Como el primero, eso sí. Digno sucesor de los honradísimos, de los intachables Berdejos.

ISIDRO.- Siempre cumplí fielmente mis compromisos. He favorecido a cuantos amigos se acercaron a mí en demanda de apoyo...

LUENGO.- **(Interrumpiendo.)** Ahí, ahí duele... En el comercio, queridísimo don Isidro, no hay enfermedad más peligrosa que el reblandecimiento... del corazón.

NICOMEDES.- Sí, sí. Yo digo que la bondad, la excesiva bondad y confianza pesan mucho. Son como el oro. Nada; que forrado en esas virtudes, se va uno al fondo.

LUENGO.- **(Riendo.)** Está bien.

ISIDRO.- Como quiera que sea, queridísimo don Nicomedes, venga usted en mi ayuda.

NICOMEDES.- ¡Oh! Si pudiera... ¡Qué mayor satisfacción para mí!... Pero crea usted que...

LUENGO.- A decidirse pronto. Traspase el establecimiento en los términos que le indiqué...

TRINIDAD.- No, no. Lucharemos aún. ¿Verdad, Isidro?

ISIDRO.- **(Muy abatido**.) Sí... luchar... **(Irresoluto.)** No sé... Dejadme... Estoy loco.

TRINIDAD.- **(Viendo entrar por el foro izquierda a** TRINITA **y** SERAFINITO.**)** ¡Oh!, aquí están ya mis niños. **(Va a su encuentro.)**

Dichos; TRINITA, SERAFINITO, por el foro, vestidos con relativa elegancia.

LUENGO.- (**Por** TRINITA.) ¡Qué elegantita, la niña de la casa!

TRINITA.- (**Saludando.**) Don Nicomedes...

NICOMEDES.- ¡Qué, monada de chiquilla!

LUENGO.- (**Por** SERAFINITO.) ¿Y dónde me deja usted a este sabio en leche?

SERAFINITO.- Quita allá, ¡bruto! (**Con desprecio.**)

NICOMEDES.- (**Saludándolo.**) Serafín, casi casi estás hecho un hombre. (SERAFINITO **le saluda con frialdad.**)

TRINITA.- Papá, el tío Santos ha venido del pueblo esta mañana. ¿Cómo no está aquí?

ISIDRO.- (**Distraído.**) No sé...

LUENGO.- Sí; yo le vi entrar en su jaco por la calle de Toledo...

TRINIDAD.- Es raro que no esté ya en casa.

ISIDRO.- Ya parecerá.

TRINIDAD.- (**A** TRINITA **cariñosamente**.) ¿Y qué tal? ¿Venís de casa de las de Cabrales? ¿Cómo va ese ensayo?

TRINITA.- Divinamente.

TRINIDAD.- ¿Acordado ya el programa del conciertito?

LUENGO.- ¡Dichoso programa! Mis sobrinas me traen loco. Purita rompe plaza con la *Marcha fúnebre*.

TRINITA.- Rosario Cuadrado canta el *Non posso vivere* que le acompaño yo.

LUENGO.- Y tú tocas el *Nocturno* de Chapa.

TRINITA.- De Chopín... Luego la *Danza Macabra* a cuatro manos... Esta noche, no hay remedio... tengo que volver a ensayar. Pero el señorito este dice que no puede llevarme.

ISIDRO.- ¿Cómo no?

SERAFINITO.- (**Gravemente**.) Papá, no puedo.

LUENGO.- ¡Ah!, es verdad. El chiquitín habla esta noche en el *Círculo histórico literario*.

NICOMEDES.- Sí; ya lo decía anoche el periódico: «tiene pedida la palabra el joven orador don Serafín Berdejo».

ISIDRO.- Ah, sí... la discusión de la Memoria de tu amigo Porras.

SERAFINITO.- Sobre la Solidaridad de las funciones sociales. Anteanoche, Pepe Canseco, que se metió en la Antropología Criminal, me aludió de un modo tan transparente... Me llamó «el ilustre degenerado...». Porque yo soy un lombrosista furibundo.

TRINIDAD.- ¡Qué rico! Eres *lombricista*... ¡Qué criatura, qué prodigio!

ISIDRO.- Me dan miedo estos chicos del día. Nacen sabiendo lo que antes ignoraban los viejos más estudiosos.

TRINIDAD.- Pues niña, esta noche, tu hermano no puede acompañarte... Ya ves...

TRINITA.- (**Displicente**.) ¿Y me fastidio yo por estas simplezas de los discursos de sonsonete, y de las Memorias pegadas con saliva?

SERAFINITO.- Simplezas tus conciertos, y tus soireés de niñas cursis. Unas aporrean teclas, otras imitan el canto de los grillos, y todas han declarado la guerra a la musa Euterpe, y a los tímpanos de la pobrecita humanidad.

TRINITA.- Cállate, sabihondo huero, mico de la Filosofía, y de la Antropo... potro... no lo digo.

SERAFINITO.- Cállate tú, lumbrera de la ignorancia, oráculo de la insustancialidad...

TRINIDAD.- (**Apaciguándoles**.) Vaya, no reñir. Vete a estudiar el Nocturno, y tú a prepararte...

TRINITA.- ¡Qué fastidio! Este lo que quiere... (**Siguen disputando**.)

SERAFINITO.- Es ella la que...

TRINIDAD.- ¡Silencio! (**Llevándoles hacia la izquierda**.)

TRINITA.- No se le puede aguantar.

TRINIDAD.- Juicio, niños... Mirad que no estamos hoy para [10] bromas. (**Van los dos hermanos hacia la puerta de la izquierda riñendo. DOÑA TRINIDAD trata de calmarles amorosamente. Sale BONIFACIO, que se dirige a DON ISIDRO. LUENGO y DON NICOMEDES bajan al proscenio.**)

ESCENA III

Dichos, menos los dos chicos; BONIFACIO.

ISIDRO.- ¿Qué buscas?

BONIFACIO.- Muselinas negras.

ISIDRO.- Me Parece que aquí... **(Busca en la anaquelería del pasillo del fondo.)**

LUENGO.- **(Con NICOMEDES en el proscenio.)** Francamente, temía que usted se ablandara...

NICOMEDES.- ¿Yo...? Me llamo Guijarro.

LUENGO.- Porque esta pobre gente se hunde.

NICOMEDES.- Y no hay más que dejarles bajar, dejarles caer. Y cuando estén en tierra, ya entrarán en razón.

LUENGO.- Y traspasarán, no lo dude usted, en condiciones ventajosísimas...

NICOMEDES.- Para nosotros... y para ellos también... pues ¿a qué más podrían aspirar?... **(Contemplando el local.)** ¡Hermoso establecimiento!, y abarrotado de artículos de Europa y Asia.

ISIDRO.- **(Cansado de buscar.)** Veamos aquí. **(Pasa con BONIFACIO a la mesa de la derecha.)**

NICOMEDES.- ¿Y no podría suceder que recibieran auxilio de la otra hija, Isidora?

LUENGO.- Imposible. No se tratan con ella.

NICOMEDES.- **(Dudando.)** Hum. ¿Estás seguro? Lo averiguaremos.

ISIDRO.- **(Con displicencia.)** Pues se acabaron. Di que no hay. **(Vase BONIFACIO. Vuelve DON ISIDRO al proscenio, y DOÑA TRINIDAD, después de despedir a los chicos por la izquierda.)**

TRINIDAD.- ¡Ay, qué criaturas!

LUENGO.- Están ustedes babosos con los tales críos.

ISIDRO.- La niña es una monada, tan finita y tan...

TRINIDAD.- El niño sí que es mono, con tanto talento, y ese pico de oro... Otro más oradorcito no le hay a su edad.

NICOMEDES.- Sí, monísimos los dos. Pero yo le diré a usted, amigo don Isidro, si no se enfada, que este par de mocosos, el uno con su ciencia de huevito pasado, la otra con sus tocatas y sus perifollos, no valen para descalzar el zapato a la hija mayor de usted... ¡ah!, aquella Isidorita tan reguapa, tan simpática y hacendosa...

ISIDRO.- (**Afligido**.) ¡Ay, amigo mío!

TRINIDAD.- ¡Hija de mi alma!

NICOMEDES.- Sí; ya sé cuánto han sufrido ustedes...

ISIDRO.- Es como si la hubiéramos perdido, perdido para siempre.

TRINIDAD.- (**Deseando cortar la conversación**.) No nos hable usted... por Dios...

ISIDRO.- Renueva usted la tremenda herida.

TRINIDAD.- ¡La queríamos tanto!...

ISIDRO.- La adorábamos.

NICOMEDES.- Y que lo merecía.

ISIDRO.- Porque usted no puede figurarse, señor don Nicomedes, mujer de cualidades más extraordinarias.

LUENGO.- Un talento de primer orden.

TRINIDAD.- Y a más del talento, una energía colosal.

LUENGO.- ¡Y una gracia! ¡Ay, qué gracia, y qué ángel, y qué...!

ISIDRO.- ¡Y una disposición para todo!... Hace dos años, cuando caí malo, tomó a su cargo el establecimiento, y llevaba los negocios de un modo admirable. Mejor, mejor que yo.

NICOMEDES.- Lo creo.

TRINIDAD.- Y para mí era un descanso... porque gobernaba la casa... vamos, mejor que yo misma.

NICOMEDES.- También lo creo. Y de la noche a la mañana, el amor, el gran disolvente, vino a trastornar todas esas perfecciones y a reducirlas a cero.

ISIDRO.- Como por brujería o encantamiento, sí. Aquella hijita tan buena, aquella que parecía la razón misma hecha mujer, ve a un hombre en casa de nuestros amigos los Vallejos, le habla, le trata dos o tres semanas, se enamora de él perdidamente, se ciega, enloquece...

TRINIDAD.- Y llega hasta el extremo de huir de nosotros, de abandonar padres, familia, esta honrada casa...

NICOMEDES.- ¡Qué desdicha! Y el tal es Alejandro Hermann, hijo de aquellos alemanes que tuvieron el negocio de maquinaria...

LUENGO.- Un sonámbulo, con la cabeza llena de fantasmagorías, palabra engañadora, buena figura... simpático él, eso sí.

NICOMEDES.- ¿Hombre rico?

ISIDRO.- Así parece.

LUENGO.- Heredó un buen capital. Pero como no mira por sus intereses, y es una mano rota, ya se le ha filtrado más de la mitad. No piensa más que en cosas de esas... de esas que no se ven, que no se tocan... en toda esa música que anda por los espacios imaginarios.

NICOMEDES.- Pues a ese paso...

LUENGO.- Gasta, se divierte, viaja, sueña despierto, adora la música, los cuadros, los libros que hablan de... de... de todo aquello que no se ve, vamos.

NICOMEDES.- ¿No es ese el que tiene su dinero en poder de Guevara?

LUENGO.- Justamente.

NICOMEDES.- (**A DON ISIDRO.**) Y jamás le pide cuentas ni se ocupa... ¿qué le parece?

ISIDRO.- No sé... A mí no me pregunte usted nada de ese hombre.

TRINIDAD.- No nos tratamos.

NICOMEDES.- ¿Pero de veras, no se tratan ustedes con su hija?

TRINIDAD.- No señor... ¡no faltaba más!

ISIDRO.- Para nosotros, como si no existiera. Nuestra dignidad no nos permite transigir en ninguna forma con el oprobio.

NICOMEDES.- A menos que el alemán se case...

ISIDRO.- Cuando no lo ha hecho ya... (**Con pena.**) Yo les suplico que no me hablen más de... (**Óyese la voz de** DON SANTOS.)

SANTOS.- (**Antes de salir grita en la tienda.**) ¡Mis alforjas, gandules...! ¡Dónde están mis alforjas...!

TRINIDAD.- ¡Ah!, ya está aquí tu hermano.

NICOMEDES.- El buen don Santos.

ISIDRO.- Como siempre, alborotando la casa.

ESCENA IV

Dichos; DON SANTOS.

SANTOS.- Mis alforjas... ¡Ah!, aquí están... acabáramos (**En la puerta del foro. Recibe las alforjas de manos de un dependiente.**)

TRINIDAD.- Hombre, no grites.

ISIDRO.- A ver. ¿Qué traes ahí?

SANTOS.- (**Saludando fríamente.**) Señores... (**Saca un par de perdices de las alforjas.**) Mirad.

TRINIDAD.- ¡Qué hermosura!

SANTOS.- Parecen pavas. Esta mañana las maté. (**Saca otros dos pares.**) Nos las pones estofadas.

TRINIDAD.- Venga. (**Recoge las perdices, y se va por la izquierda.**)

LUENGO.- ¡Bien por los grandes cazadores! ¿Y no convida?

SANTOS.- A ti no.

NICOMEDES.- ¿Y a mí?

SANTOS.- Tampoco. ¿Está bien que salga yo a despernarme por esos campos, para que el fruto de mi trabajo y de mi habilidad vaya a parar a las manos del rico avariento? (**Risas.**) Ustedes, cazadores de negocios, cuando apuntan bien y ponen la res patas arriba, ¿me convidan a mí... a monedas de cinco duros?

NICOMEDES.- ¡Ja, ja!... (**Ríen DON NICOMEDES y LUENGO.**)

LUENGO.- ¡Qué don Santos!

NICOMEDES.- Siempre tan bromista...

SANTOS.- ¿Y qué tal? (**A su hermano.**) ¿Se arregla eso?... ¿Estos señores...?

ISIDRO.- (**Con tristeza.**) No hemos hecho nada.

SANTOS.- (**Con socarronería.**) Naturalmente. (**A DON NICOMEDES.**) Tiene usted sus capitales colocados... justo... lo mismo que yo, que todo mi dinerito lo tengo dado a rédito, en condiciones ventajosísimas, estupendas, fabulosas... Figúrese usted, don Nicomedes: poseo en Móstoles las finquitas que heredé de mi esposa... nada...

cuatro terruños... una decencia pobre... o una pobreza decente, como usted quiera. Pues todo lo que saco del trigo y de las patatas, lo pongo en un saquito...

LUENGO.- ¡Qué celebre!

SANTOS.- Y lo voy dando a los pobres del pueblo que lo necesitan... hasta que se acaba... y entonces ya no doy más. Dicen que esos dineros pasan a las arcas de Dios, y allí se constituyen en deuda consolidada, y que en bienaventuranza y gloria le dan luego a uno los intereses... a razón de tantos miles de millones por ciento. Con que ya ve... qué negocio se pierde usted.

NICOMEDES.- (**Riendo**.) ¡Famoso! ¡Qué viejo más salado!

SANTOS.- Con que, hermano mio, no te apures. Si viene la catástrofe, y se te cae la casa al suelo, ya sabes que en la mía de Móstoles, que es bien grande y desahogada, no faltará un hueco para vosotros, ni en la mesa las buenas calderadas de patatas, las riquísimas migas, el excelente cabrito... Luego salgo yo a dar un paseo con mi escopeta... y pum... la cena. Adoba todo esto con la paz del alma y la amenidad campestre, échale encima unos granitos de olvido, y un buen espolvoreo de conformidad con la voluntad de Dios, y tendrás la vida más deliciosa y más santa que un hombre puede soñar.

NICOMEDES.- ¡Bien, bravísimo...! Que se deje de imposibles luchas, y se retire a descansar.

LUENGO.- Que acepte el traspaso...

ISIDRO.- (**Meditabundo**.) ¡Imposible!

SANTOS.- Con lucha o sin lucha, querido hermano mío, tú nunca has de ser rico.

ISIDRO.- Ni lo pretendo.

SANTOS.- (**Bruscamente, queriendo despedirles**.) ¡Con que... queridísimos amigos...!

NICOMEDES.- ¿Pero nos echa?

SANTOS.- Como echarles, no, pero estoy deseando que se larguen. Tengo que hablar con mi hermano de un asunto reservado.

LUENGO.- En ese caso...

SANTOS.- De un asunto doméstico.

TRINIDAD.- (**Que vuelve por la izquierda, y oye las últimas expresiones**.) ¡Qué será!

NICOMEDES.- Don Isidro, no olvide que en caso de traspasar, yo...

SANTOS.- (**Impaciente**.) ¡Ea, despéjenme el terreno!

LUENGO.- Ya, ya nos vamos.

NICOMEDES.- ¡Qué don Santos! ¡Nos expulsa, después del increíble desaire de no querer convidarnos!

SANTOS.- ¡Hombre, no! Si fue broma. Vengan a probar las perdices.

NICOMEDES.- Sí que vendremos... ¡ja, ja!

SANTOS.- Me gusta a mi ver comer a los tacaños, que en las mesas ajenas despliegan un apetito formidable.

NICOMEDES.- ¡Ja, ja...! No lo dirá por mí, que en mi casa tengo un diente...

SANTOS.- Como que lo está usted afilando siempre... en las casas de los amigos... Vaya, adiós.

NICOMEDES.- Vamos ahora a ver a Rodríguez, que también traspasa.

SANTOS.- Sí; el abuelo se retira con más dinero que pesa.

TRINIDAD.- Pues si van a la tienda de Rodríguez, salgan por el portal. (**Les indica la puerta de la derecha.**)

LUENGO.- Sí, por aquí. Abur. (**Dirígense a la puerta.**)

ISIDRO.- (**Llamando a Luengo**.) Luengo, hijo mío...

LUENGO.- (**Bajando al proscenio.**) ¿Qué?

ISIDRO.- Hazme el favor de pasar por el Juzgado, a ver si el Juez ha decretado el embargo.

LUENGO.- Creo que sí. Iré por la Escribanía. Pronto le traeré a usted alguna noticia.

ISIDRO.- (**Apenado**.) ¡Dios nos tenga de su mano!

LUENGO.- Hasta luego. (**Vanse LUENGO y DON NICOMEDES por la puerta de la derecha.**)

ESCENA V

DON ISIDRO, DOÑA TRINIDAD, DON SANTOS.

SANTOS.- ¡Adiós, canalla... cuervos que acudís graznando a donde os atraen los olores de muerte...!

ISIDRO.- (**Impaciente**.) Di: ¿de qué querías hablarnos?

TRINIDAD.- Has dicho: «de un asunto doméstico».

SANTOS.- ¿Pero no lo adivináis?

ISIDRO.- Buena está mi cabeza para adivinaciones. ¿Es algo que pueda darme esperanza de solución?

SANTOS.- No es nada de negocios. (**Por** DOÑA TRINIDAD.) ¿A que lo adivina esta?

TRINIDAD.- ¿Será...? ¡Dios mío, lo que se me ocurre!

SANTOS.- ¡Que te quemas!

ISIDRO.- ¿Pero qué es, por los clavos de Cristo? (**Muy impaciente**.)

TRINIDAD.- Me da el corazón que es algo referente a nuestra hija.

ISIDRO.- ¡Oh!, no quiero saber nada.

SANTOS.- Pues la pobre...

ISIDRO.- (**Incomodado**.) No quiero que me hables de ella, vamos, no quiero.

SANTOS.- ¿Y por qué no?

TRINIDAD.- Yo sí quiero que hable... (**Con ansiedad**.) A ver, dilo pronto.

SANTOS.- Pues... me escribió una carta. ¡Pobrecilla! ¡Es tan desgraciada! Hay que tener lástima.

ISIDRO.- No.

TRINIDAD.- Sí. Lástima por lo menos...

SANTOS.- Total: que ha caído de sus ojos la venda que la cegaba. ¡Ah!, la amorosa fiebre, el ansia de lo ideal, enfermedad tan horrible como pasajera, y que se cura con otra dolencia, con un buen empacho de la realidad de las cosas.

ISIDRO.- Es tarde. En fin, ¿qué...?

SANTOS.- Que pues la tenemos sinceramente arrepentida, no debemos regatearle el perdón.

ISIDRO.- Santos, Santos, ya vienes tú con tus componendas. No transijo con la deshonra.

TRINIDAD.- Soy madre, y no puedo tener ese rigor. ¡Pobre hija de mi alma! ¿Pero está de veras arrepentida?

SANTOS.- Dejadme seguir. Fui a verla esta mañana en cuanto llegué del pueblo. ¡Infeliz muchacha! Ya ve claro su inmenso desvarío, y aquella inteligencia superior se ha despejado de las nieblas que la obscurecían. Voy, y me la encuentro en su ser antiguo. Parece milagro. Creí verla despertar de un sueño, recobrarse de su estúpida embriaguez. Es otra vez tu Isidora, nuestra Isidora, tan simpática, tan dulce, tan inteligente...

ISIDRO.- Bueno, bueno, la perdonamos. Pero aquí no tiene que volver.

TRINIDAD.- Hay que pensarlo.

SANTOS.- No, si ya está pensado y resuelto. Volverá.

ISIDRO.- ¡Santos!

SANTOS.- ¡Isidro!

ISIDRO.- En mi casa mando yo.

SANTOS.- Tú mandas, sí... pero no te obedecemos.

ISIDRO.- (**Incomodado.**) ¡Digo que no!

SANTOS.- ¿Pero a qué te sofocas?

ISIDRO.- (**Respirando con dificultad.**) No me exasperes tú. Ya ves... Estoy que no puedo respirar.

SANTOS.- Calma, calma.

TRINIDAD.- Isidro, por Dios, que vuelva, que recobre nuestro afecto, y un puesto en esta pobre casa... Pues si nosotros la rechazamos, ¿qué va a ser de esa infeliz?

ISIDRO.- Pero dime... Ese miserable...

TRINIDAD.- Ese bandido...

SANTOS.- Poco a poco... Ese hombre...

ISIDRO.- **(Irritado.)** Pero qué... ¿también eres capaz de defenderle?

SANTOS.- No le defiendo. Se ha portado mal, muy mal. Ya veis: contábamos con que al fin se casaría. Pero la niña se ha cansado de esperar, y ahora es ella la que le abandona a él, y jura y perjura que no quiere casarse con él ni con nadie.

ISIDRO.- ¡Y ese infame se quedará riendo! ¡Oh!

SANTOS.- Infame no: Yo le llamo desdichado, y sostengo que es más digno de lástima que de rencor. Cuando él era un jovenzuelo, yo le trataba mucho. Como que era yo muy amigo de su padre, el bonísimo don Guillermo.

ISIDRO.- Un extravagante, un misántropo, que el día en que perdió su fortuna se pegó un tiro.

SANTOS.- Cabal. No se resignaba a ser pobre. Todo lo perdió y dijo: hago dimisión de la vida. Cada uno tiene su manera de ver las cosas. Yo soy benévolo hasta con los suicidas.

TRINIDAD.- ¡Jesús!

SANTOS.- También conocí a su hermano don Federico, tío de Alejandro, el que le dejó su riqueza...

TRINIDAD.- Pues la madre del seductor de mi hija, también debió de ser loca.

SANTOS.- Fue que le dio por aprender a volar. Se tiró por un balcón. ¡Pobre doña Margarita!

ISIDRO.- Familia de dementes, degenerados, idiotas, o no sé qué... ¡Oh, qué rabia siento!

SANTOS.- Fuera rabia, fuera resentimientos. Preparaos a recibir a la hija pródiga, que vuelve al hogar.

ISIDRO.- Imposible, aquí no entra.

TRINIDAD.- ¡Isidro, por la Virgen Santísima!... Sí, sí, que venga. ¡Hija de mi alma! Tres meses que no la hemos visto. **(Le abraza.)** Es nuestra hija, es buena. Ha padecido un grave error. Al error todos estamos sujetos. Perdonemos para que nos perdone Dios. **(Llora.)**

ISIDRO.- **(Con viva emoción.)** ¡Qué débil soy! Siempre haréis de mí lo que queráis.

TRINIDAD.- Que venga, sí. Pronto...

ISIDRO.- Tráela.

TRINIDAD.- No tardes. ¿Está lejos?

SANTOS.- No, muy cerca de aquí.

TRINIDAD.- ¡Oh, el corazón me dice que está cerca!... Aquí tal vez. (**Mira hacia el foro. Aparece ISIDORA en la puerta izquierda de la tienda, y allí permanece inmóvil, apretándose el pañuelo contra los ojos.**)

ISIDRO.- Aquí está... ¡oh!

TRINIDAD.- ¡Hija de mi alma! (**Se echa a llorar, permaneciendo a distancia de ella.**)

ESCENA VI

DON ISIDRO; DOÑA TRINIDAD, DON SANTOS, ISIDORA.

SANTOS.- Pasa... no temas.

ISIDRO.- ¡Qué emoción! (¡Hija querida!... Disimularé. La dignidad es lo primero.) **(Procurando dominar su emoción.)**

SANTOS.- Entra, chiquilla. (**Avanza ISIDORA lentamente con el pañuelo pegado a los ojos.**)

TRINIDAD.- (**Sollozando y secándose las lágrimas.**) Tu falta es grave... Nos habíamos propuesto ser inflexibles... Pero no podemos olvidar que... Si tu arrepentimiento es verdadero...

SANTOS.- ¿Verdad, niña mía, que estás arrepentida, atrozmente arrepentida? (ISIDORA **contesta afirmativamente con la cabeza.**) ¿Y que reconoces que padeciste extravío, locura...?

ISIDORA.- (**Sollozando.**) Sí, señor.

ISIDRO.- (**Esforzándose en aparecer sereno.**) No volverás a ser lo que fuiste para nosotros.

TRINIDAD.- Siéntate. (**Presentándole una silla.**)

SANTOS.- Descansa. No la atormentéis ahora. Ya veis cuánto padece.

TRINIDAD.- ¡Pobrecilla! (**La hace sentar, y se sienta a su lado.**)[4]

ISIDRO.- Por ti, hemos pasado grandes amarguras.

SANTOS.- Dejaos ahora de amarguras. No podéis negar que os alegráis de verla.

TRINIDAD.- Sí, sí... Vaya; no se llora más.

SANTOS.- Basta ya; no más lágrimas, no más pucheros.

ISIDRO.- Y sepamos ahora a qué se debe la sana resolución que has tomado.

SANTOS.- Pues... nada... que... En fin, quédese la historia para otra ocasión.

ISIDRO.- No, no: yo quiero saber...

TRINIDAD.- Es que al fin, algo tarde, abriste los ojos, y viste que ese malvado te llevaba al abismo. ¿No es eso?

SANTOS.- ¡Malvado! No exagerar. Exaltación en las ideas, una fantasía desenfrenada, falta de disciplina en la conducta, como persona criada con demasiada libertad...

ISIDORA.- Eso es. Carácter imposible, malvado no. Pero yo no podía seguir a su lado. Resistí, luché algún tiempo, creyendo, o queriendo creer que mi error podía en sí mismo encontrar remedio. ¡Qué desengaño! Tomada la resolución de abandonarle, por dos o tres veces no encontré vigor en mi espíritu para realizarla. Al fin, Dios quiso devolverme la voluntad en toda su fuerza, y cerré los ojos, y adelante, y esto se hace, y esto debe hacerse, y lo hice, y aquí estoy.

TRINIDAD.- Bien, hija, bien.

ISIDRO.- ¿Pero la causa determinante...? Celos quizás...

ISIDORA.- (**Sollozando.**) Pues... sucedió que... (**Se levanta y va hacia su padre, a quien besa la mano. Siéntase en una silla próxima a la mesa.**)

SANTOS.- Repito que no hacen falta historias ni lloriqueos.

ISIDRO.- ¡Qué locura, qué locura has hecho, hija mía!

SANTOS.- ¡Dale!

ISIDRO.- Por lo mismo que eras tan adorable, tan juiciosa, que no parecía sino que el método, el don de gobierno, la gracia y la simpatía se habían encarnado en ti, por privilegio de Dios, por eso, por eso mismo fue más extraña la locura que te entró tan de improviso, como una infección contagiosa.

TRINIDAD.- Sí, porque trastornarse la razón misma, y torcerse las voluntades muy derechas, son cosas que difícilmente tienen explicación.

SANTOS.- Pues son cosas muy naturales y que caen bajo el fuero de lo común. Un momento de debilidad, ¿quién no le tiene? Los santos pecaron, y los más rectos se torcieron alguna vez. San Pedro negó a Cristo, y el Santo Rey David... En fin, ya lo saben ustedes.

ISIDORA.- Yo reconozco mi error. No me disculpo. Vi en aquella persona un conjunto de cualidades, que me parecieron admirables, realzadas por una imaginación... ¿cómo diré?, brillantísima, y una palabra tan, tan...

SANTOS.- Seductora, vamos.

ISIDORA.- Me arrastraba, me atraía con una fuerza poderosa, contra la cual nada pudo entonces mi razón, nada el respeto de mis padres, a quienes adoraba y adoro, nada tampoco la opinión del mundo. Todo se me empequeñecía ante la grandeza... ¿cómo diré...?

SANTOS.- Soñada.

ISIDORA.- Soñada; ante la grandeza soñada, ilusoria, de la persona que me llamaba, que me...

SANTOS.- Sugestión es eso.

ISIDORA.- Luego, en la realidad, vi todas las cosas de otro modo. ¡Ay!, de las cualidades que yo soñaba, no encontré más que algunas. Las reconocí y las reconozco. Otras no existían sino por obra y gracia de mi pensamiento; y en su lugar vi defectos gravísimos.

ISIDRO.- ¡Pobre víctima! Tan buena eres, que aún defiendes a tu verdugo...

TRINIDAD.- Y ves en él cualidades.

ISIDORA.- Porque las tiene: no puedo negarlo. Al separarme de él para siempre, porque gracias a Dios, he llegado a horrorizarme del deshonor, y a sublevarme contra la humillación, veo muy clarito lo bueno y lo malo que hay en él, y lo juzgo con frialdad. No es un monstruo, no; no es un perverso; es un...

SANTOS.- Temperamento borrascoso.

ISIDORA.- Justamente. Y un soñador incorregible. (**Siguen hablando madre e hija. DON SANTOS pasa a la derecha junto** DON ISIDRO.)

ISIDRO.- (**Aparte a** DON SANTOS.) Mira tú si es desgracia la nuestra. Ahora, con esta resolución de la niña, que hay que aplaudir... sí, hay que aplaudirla... se dificulta más el matrimonio. Ese pillo dirá: «Pues ella me abandona...».

SANTOS.- Deja, deja correr los acontecimientos.

ISIDORA.- (**A DOÑA TRINIDAD.**) No, mamá, yo no quiero casarme ya, ni con él, ni con nadie. Hoy no tengo más aspiración que vivir obscura y olvidada en un rincón de mi casa, procurando ayudar a mis padres, y hacerles olvidar la terrible pena que les he causado.

TRINIDAD.- ¡Pobre alma mía!

ISIDRO.- (**Muy triste.**) Vuelves a nosotros en circunstancias muy tristes.

ISIDORA.- (**Levantándose resuelta.**) Sí, he oído que la casa no anda bien. No hay que desanimarse. Yo os ayudaré.

Dichos; TRINITA, SERAFINITO **por la izquierda.**

TRINITA.- **(Que se sorprende y se corta al ver a su hermana.)** ¡Isidora... ah!

SERAFINITO.- Mi hermana... **(Cohibido.)**

ISIDORA.- **(Va hacia ellos, y DON ISIDRO y DOÑA TRINIDAD quedan al otro lado, proscenio derecha.)** Yo soy, yo.

SANTOS.- Abrazad a vuestra hermana, tontos. **(Se abrazan los tres. Queda este grupo con DON SANTOS en el proscenio izquierda.)** Teníais ganitas de verla, ¿verdad?

TRINITA.- Sí que las teníamos.

SERAFINITO.- Vuelves a casa... ¡qué alegría!

ISIDORA.- **(A TRINITA.)** ¿Y qué tal, estudias mucho?

SANTOS.- Ya se sabe todita la *Danza Macabra* a no sé cuántas manos.

TRINITA.- Estoy estudiando un *Nocturno* precioso para el concierto que dan el domingo las de Cabrales.

ISIDORA.- ¿Y tú? **(A SERAFINITO.)** Ya sé que estás hecho un sabio.

SANTOS.- Y un orador capaz de volver tarumba al Verbo Divino.

SERAFINITO.- Hablo regular. Me voy soltando.

ISIDORA.- Ya he leído, sí...

SANTOS.- Ya le llaman *el joven pensador.*

TRINITA.- **(Burlándose.)** Y *el precocísimo filósofo...*

SERAFINITO.- Calla, simple.

SANTOS.- ¡Pero si para él la Filosofía es una antigualla! ¿Verdad, monín?

SERAFINITO.- Me gusta más la Sociología, la ciencia social. Mis ídolos son Durkheim, Novicow, Aquiles Loria, Greef...

TRINITA.- ¡Uy, qué nombres!

SANTOS.- ¡Pero estos muñecos del día lo que saben!

SERAFINITO.- (**A** ISIDORA.) Oye: vas a decirle a mamá, yo no me atrevo, que me compre las obras completas de Lombroso, Garófalo y Mandsley.

SANTOS.- ¡Atiza! ¡Bueno está ahora tu padre para esas bromas!

ISIDORA.- Los negocios de la casa van mal. Es necesario que ayudemos todos.

TRINITA.- ¡Pobre papaíto, cuánto cavila!

SERAFINITO.- Pues yo haré oposición a una cátedra, la ganaré, tendré mi sueldo, y...

SANTOS.- Sí, hijo, sí; gánala, aunque sea por intrigas, que los tiempos están mal. Si esto no se arregla, tendréis que veniros todos conmigo a Móstoles, a comer sopas de ajo. A ti (SERAFINITO.) te dedicaremos a la carrera eclesiástica. Tú (**Por** ISIDORA.) Serás maestra de escuela; y a ti, (TRINITA.) la perla de la familia, te casaremos con el hijo del Alcalde, un chicarrón muy bruto y que no cabe por esa puerta, pero que tiene mucho trigo... (**Siguen hablando.**)

ISIDRO.- (**A DOÑA TRINIDAD, en el proscenio derecha**.) Pues sí, me atormenta esa idea. Hace poco, cuando le hablamos de nuestra situación, dijo ella: «No desanimarse; yo os ayudaré».

TRINIDAD.- Sí que lo dijo. A ver si has pensado lo mismo que yo.

ISIDRO.- Yo he pensado... No me atrevo a decirlo, porque si el pensarlo sólo me abochorna, el decirlo, figúrate...

TRINIDAD.- «Yo os ayudaré» quiere decir, «yo tengo dinero, y con él podréis salir de vuestros apuros».

ISIDRO.- Eso quiso decir sin duda. Pero yo, primero pido limosna por los caminos, que admitir dinero que nuestra hija recibió del hombre que nos ha deshonrado.

TRINIDAD.- Sí que es vergonzoso.

ISIDRO.- Si lo tiene, que se lo guarde.

TRINIDAD.- Es verdad. Interrógala tú. Dile, que si pretende salvarnos de la ruina con el precio de su deshonra, no podremos tenerla en casa.

ISIDRO.- Díselo tú. Mi conciencia se subleva.

TRINIDAD.- Es más propio que se lo digas tú... (**Llamándola.**) ¡Isidora!...

ISIDORA.- (**Corriendo hacia ella.**) ¿Qué, mamá?

TRINIDAD.- (**Cohibida.**) Tu padre quiere hablarte.

ISIDRO.- (**Asustado**.) No, yo no... tu madre...

TRINIDAD.- ¿Yo? Pues yo tampoco me atrevo. No, no era nada... Que... (DON **SANTOS continúa disputando con los chicos en el proscenio izquierda**.)

ESCENA VIII

Dichos; BONIFACIO, **por el foro**.

BONIFACIO.- Don Isidro, me piden sedas chinas en colores.

ISIDRO.- Creo que no hay.

ISIDORA.- ¿Que no hay? ¡Cuánto habéis vendido! Hace tres meses, había como unas doscientas piezas en el almacén.

ISIDRO.- Busca en el almacén. ¿Hay mucha gente en la tienda?

BONIFACIO.- Alguna hay.

ISIDRO.- Voy yo. (**Vase** DON ISIDRO **a la tienda, y** BONIFACIO **sale por la puerta de la derecha**.)

ISIDORA.- (**Con** DOÑA TRINIDAD, **en el proscenio centro**.) Y de las sedas crudas de medio ancho, bien me acuerdo, había en el almacén una existencia enorme.

TRINIDAD.- Se ha vendido mucho, según creo. En fin, no sé. Hija, hablemos de otra cosa.

SANTOS.- (**Que ha sostenido una viva discusión con los chicos**.) Vaya, me dejo conquistar por estos pillos, y les llevo a dar un paseo.

TRINITA.- ¡Qué gusto!

SERAFINITO.- ¡Bravísimo! (**Aplaudiendo**.)

TRINIDAD.- Me parece bien. Váyanse a dar una vuelta.

TRINITA.- Y de paso me compro el fichú que necesito. Voy por mi sombrero. (**Vase**.)

SERAFINITO.- Y entraremos un momento en la librería.

TRINIDAD.- Pero no pienses en comprar libros.

SERAFINITO.- No hace falta. Veo los títulos, hojeo un poco, leo los índices...

SANTOS.- Y esta noche largas un par de citas, y les dejas con la boca abierta. ¡Buena está la ciencia en manos de estos angelitos...!

TRINITA.- (**Que sale de sombrero, poniéndose los guantes**.) Ya estoy.

SANTOS.- Con que... Me llevo a esta tropa.

TRINIDAD.- Y vuelvan pronto... Hasta luego.

SANTOS.- Adiós... Soy feliz con las criaturas. **(Vanse por el foro.)**

DOÑA TRINIDAD; ISIDORA, DON ISIDRO, **que se asoma por la puerta de la tienda, y escucha y observa.**

ISIDORA.- ¿Qué tienes que decirme?

TRINIDAD.- Nada, hija... (¡Qué trabajo me cuesta!) Hay algo que ha nublado la alegría de verte.

ISIDORA.- (**Sorprendida**.) ¿Qué, mamá?

TRINIDAD.- Cuatro palabras tuyas. Dijiste: «no hay que desanimarse; yo os ayudaré».

ISIDORA.- (**Sin comprender**.) Con alma y vida.

TRINIDAD.- Pues si esa ayuda que nos ofreces, significa... ¡No, que vergüenza! Isidora, hija de mi alma, no podemos, no podemos admitir tu apoyo.

ISIDORA.- ¿Pero qué has creído? ¡Mamá, por Dios...!

TRINIDAD.- Como has vivido a lo grande, en atmósfera tan distinta de la modestia y rectitud que de nosotros aprendiste, has llegado a creer que el dinero lo resuelve todo. ¡Ay!, el tuyo por la malicia de su procedencia, no nos sirve a nosotros más que para agravar nuestras desdichas.

ISIDORA.- ¡Dinero!... Pero, mamá, si no tengo nada; ni un céntimo. Todo cuanto allí disfruté, allí lo he dejado.

TRINIDAD.- Bien, bien. No queremos ver señal ninguna, ni rastro siquiera de nuestro deshonor.

ISIDORA.- Dinero, alhajas, vestidos, objetos preciosos regalados por él o comprados por mí... todo se quedó allá... No he traído más que lo puesto, lo mismo que llevaba cuando fui...

ISIDRO.- (**Que ha oído el diálogo, sale.**) (¡Ah! ¡Ya respiro!) Hija mía, eres grande en tu arrepentimiento. Así te quiero. (**La abraza y la besa.**)

ISIDORA.- Pero, papá querido, ¿es cierto que estás tan mal? Pues si de algún alivio puede servirte que yo trabaje hasta que no pueda más, cuenta conmigo. Ya sabes que cuando estuviste enfermo, no lo hice tan mal.

ISIDRO.- Pero aquello era coser y cantar. Entonces todo iba como una seda. Ahora la casa se agrieta, se hunde...

ISIDORA.- Un espíritu diligente y valeroso puede mucho. El mío, que flaqueó en un solo caso, en uno solo, desconcertado por una pasión, ahora no flaqueará, yo te lo juro.

TRINIDAD.- (**Que se ha sentado, abatida y cavilosa.**) Con que me ayudes a mí, basta.

ISIDORA.- (**A su padre.**) Pero dime, ¿qué has resuelto ante el peligro?

ISIDRO.- (**Confuso.**) Nada... no sé... veremos...

ISIDORA.- Papá, ese «no sé», ese «veremos», han sido y son tu perdición. Yo no digo eso nunca.

TRINIDAD.- (**Con desaliento.**) Porque no estás, como nosotros, cansados de luchar inútilmente de dos meses acá.

ISIDORA.- ¿Tú también te acobardas?

TRINIDAD.- (**Con muestras de fatiga.**) Sí, no puedo más. El gobierno de la casa me abruma. Somos ahora cinco de familia y cinco dependientes... No tengo ya cuerpo ni espíritu para tanto trajín.

ISIDORA.- (**Con decisión.**) Dame las llaves.

TRINIDAD.- (**Dándole un manojo de llaves.**) Tómalas.

ISIDORA.- Desde hoy, gobierno yo. (DOÑA TRINIDAD **se ha levantado. A su vez, siéntase** DON ISIDRO **muy abatido.**) Vamos, papá, no te amilanes.

ISIDRO.- ¡Qué pronto se dice!

ISIDORA.- ¿Y qué conflicto es ese que nos amenaza?

ISIDRO.- Pues no es cosa... Un embargo.

ISIDORA.- ¡Embargo!

ISIDRO.- Sí. Salí fiador por Romualdo Samaniego. El pobrecillo no puede pagar, y yo...

ISIDORA.- Tienes que pagar por él.

ISIDRO.- Justo. El acreedor no quiere dar prórroga, y en eso estamos.

ISIDORA.- Pero en fin, ¿ese embargo?...

ISIDRO.- Lo tengo por inevitable.

ISIDORA.- ¿Cuándo?

ISIDRO.- No sé... Mañana quizás.

ISIDORA.- Pues hay que evitarlo, papá; evitarlo a todo trance.

TRINIDAD.- ¡Hija, con qué frescura lo dices!

ISIDRO.- ¿Y cómo, desventurada?

ISIDORA.- Ahora digo yo como tú: «no sé, veremos...». Dime: ¿el establecimiento está bien surtido?...

ISIDRO.- Eso sí.

ISIDORA.- Tengo yo que ver... ¡Oh! No me parece imposible enderezarte, pobre casa mía, amparo y gloria nuestra, primerita de la China... y del mundo entero.

ISIDRO.- ¡Enderezarla! **(Con gran desaliento.)** ¡Ay! Es demasiado peso para esta osamenta cansada y caduca.

ISIDORA.- **(Con entusiasmo.)** La mía es vigorosa, y además, sangre joven, músculos de acero, nervios muy despabilados, y una inteligencia... que no es paja, aunque me esté mal el decirlo.

Dichos; BONIFACIO, **que sale por la derecha con unas piezas de tela.**

BONIFACIO.- Pues sí, había sedas chinas en colores. Lo que no hay es sedas crudas de medio ancho.

ISIDORA.- Tonto, si había tres fardos de ellas que no llegaron a abrirse, porque dijisteis que se le cedían a los Sobrinos de Gandiola.

ISIDRO.- No se cedieron... me parece... **(Recordando.)**

ISIDORA.- ¿Los habéis vendido?

BONIFACIO.- No.

ISIDRO.- Creo que no.

ISIDORA.- **(Con extrañeza.)** Pero aquí nadie sabe nada. ¿Qué casa es esta? ¿Qué comercio es este?

ISIDRO.- Los fardos, sí, allí están.

BONIFACIO.- Pero son de percalinas ordinarias.

ISIDRO.- **(Dudando.)** Habrá que verlo...

TRINIDAD.- Pues sería gracioso que acertara esta.

ISIDRO.- Vamos allá. **(Levantándose.)**

BONIFACIO.- No, yo iré. **(Vase BONIFACIO por la derecha.)**

ISIDRO.- Si... no puedo moverme. **(Se vuelve a sentar fatigado.)** Luego, esta maldita asma... En cuanto me agito un poco, no puedo respirar.

ISIDORA.- Pero, papá, con este abandono, ¿cómo quieres prosperar? ¡Si tus dependientes y tú mismo desconocéis lo que hay en la casa!

ISIDRO.- **(Con displicencia.)** Hija, ¿tú qué sabes?

TRINIDAD.- Déjala, hombre, déjala. ¡Vaya si sabe!

ISIDORA.- Y juraría que tienes multitud de cuentas por cobrar. El mal antiguo de esta casa. La pereza de los cobros. Toda la diligencia la guardas para los pagos.

ISIDRO.- Hija, bien comprendes que...

BONIFACIO.- (**Volviendo por la puerta de la derecha.**) Tenía razón la señorita... He abierto los fardos, y son de sedas chinas.

TRINIDAD.- ¡Oh!

ISIDORA.- ¿Lo veis, lo veis?

BONIFACIO.- Señora, yo...

ISIDORA.- (**Muy nerviosa, paseándose.**) Y habrá más, mucho más, género riquísimo, mientras hacéis pedidos de maulas. Si digo que aquí no hay cabeza... Que no la hay, vamos, que no la hay.

ISIDRO.- (**Aturdido, levantándose.**) Déjame; no acabes de volverme loco.

TRINIDAD.- Pues sí, tiene razón la niña...

ISIDRO.- Vete a la tienda... y otra vez... que no vuelva a pasar. (**Vase** BONIFACIO.)

ISIDORA.- Papá, por Dios, déjame que mangonee, que me meta en todo... Quiero enterarme, disponer, gobernar...

ISIDRO.- Bueno, entérate, dispón, gobierna cuanto quieras. Ojalá que tú...

TRINIDAD.- (**A su marido.**) No le pongas trabas. Verás qué bien se desenvuelve. Tiene un talento y una energía...

ISIDORA.- (**Que ha ido al escritorio, y abriendo la carpeta, saca de ella un fajo de papeles.**) ¿Pero qué es esto? ¿Cuentas por cobrar...?

ISIDRO.- Échales un galgo.

ISIDORA.- Lo que debe echarse es los tiempos al que no pague. (**Examinando rápidamente las cuentas.**) Pero si veo aquí casas, familias que pagan siempre muy bien. Es que os dormís, papá, es que lo dejáis todo para mañana, es que no servís para nada. (**Al dejar las cuentas, da un fuerte golpe sobre la carpeta.**)

ISIDRO.- No... si se cobrarán... algunas, otras no... Habrá que esperar.

ISIDORA.- El comercio no espera. (**Coge un libro que examina rápidamente.**) A ver el libro de facturas. (**Viene al proscenio con el libro y lo hojea.**) En el tiempo que yo lo llevé, mira, mira qué clarito todo...

ISIDRO.- Después... notarás algún desorden...

ISIDORA.- (**Hojeando.**) ¡Jesús!... ¡Qué barbaridad!... (**Lee.**) Pañuelos alfombrados... doscientos, trescientos...

ISIDRO.- Es que...

ISIDORA.- **(Con sorpresa y enojo.)** Y aquí se ven algunos claros... partidas en que falta la cifra de precios... ¡Qué atrocidad!... ¡Qué desorden! **(Llamando.)** ¡Bonifacio!

ISIDRO.- **(Con timidez.)** Hemos tenido tantos quebraderos de cabeza, que el libro de facturas no está como debiera. El género de la China, lo anotamos en otro libro. **(Coge otro libro del escritorio y se lo da. ISIDORA lo hojea rápidamente.)**

BONIFACIO.- **(Por la tienda.)** ¿Qué manda?

ISIDORA.- **(Con autoridad bondadosa.)** Mi padre debiera reñiros por tener los asientos tan descuidados. Esto es escarnecer el buen nombre de la casa, destruirla, deshonrarla, ¡la casa, Bonifacio, que es vuestra madre, y os da la vida, el pan!

BONIFACIO.- **(Asustado.)** Nosotros, la verdad... somos pocos. ¡Hay tanto trabajo!

ISIDORA.- ¡Tanto trabajo! Lo que hay es pocas ganitas de trabajar.

TRINIDAD.- ¡Holgazanes!

ISIDORA.- Ya, ya saldrá quien os haga sacudir la pereza.

BONIFACIO.- (¡Vaya un geniecillo!...) Señorita, descuide, que ahora...

ISIDRO.- Sí... todo se hará en regla... **(A BONIFACIO.)** Ya ves, ya ves... Aprended...

ISIDORA.- **(Examinando el libro.)** ¡Bueno está todo! **(Asombrada de lo que lee.)** ¡Dios nos asista! Tenemos género de la China para un siglo.

BONIFACIO.- ¿Me retiro?

ISIDORA.- **(Deja el libro, va al escritorio y saca las cuentas por cobrar, todo esto con mucha rapidez.)** Aguarda... Os ha caído que hacer... Puesto que mi padre me permite mandaros, ya veremos si jugáis conmigo... ¡ingratos, que no miráis con interés la prosperidad y el crédito de la casa!... **(Los demás Dependientes se asoman asustados a las puertas del foro.)**

ISIDRO.- **(Reprendiéndoles.)** ¿Oís...? ¿eh?... lo mismo que os digo yo todos los días.

ISIDORA.- **(Revolviendo entre las cuentas y escogiendo algunas.)** A ver... pronto... Manda a Pepe que vaya a cobrar estas facturas... Esta, esta, esta otra... ¡Pronto... volando!... **(Vase BONIFACIO a escape con las cuentas. Se retiran los otros de las puertas.)** ¿Y el libro de Caja?

ISIDRO.- Aquí lo tienes. **(Con indolencia.)** ¡Por Dios, no marees!

TRINIDAD.- Si no es marear, es enterarse...

ISIDORA.- **(Hojeando un libro pequeño.)** Salidas, salidas... Aquí todo se vuelve salidas... No entra nada.

ISIDRO.- Te diré... Las entradas, las tengo yo bien fijas en mi memoria.

ISIDORA.- Vencimientos... El día 15... Hoy... ¿Con que es hoy cuando vence...? **(Continúa en el escritorio con** DON ISIDRO. DOÑA TRINIDAD **en el proscenio.)**

Dichos; LUENGO **por el foro**.

LUENGO.- Isidora, bien venida. (**Con adulación**.) Mi enhorabuena, queridísimos don Isidro y doña Trinidad. Ya sabía yo que habían recobrado ustedes a su adorada hija.

ISIDORA.- (**Sin hacerle caso**.) Gracias, amigo Luengo.

ISIDRO.- (**Con ansiedad**.) ¿Qué hay...? ¿Malas noticias?

LUENGO.- No serían malas, ciertamente, si usted aceptara el traspaso honroso que le propuse.

ISIDORA.- (**Saliendo del escritorio**.) ¡Traspasar, rendirnos! ¡Nunca!

LUENGO.- ¿Tú que sabes, ni qué dispones tú?

ISIDORA.- (**Con firmeza**.) Dispongo. Mi padre me permite aconsejarle en sus negocios, más que aconsejarle, dirigirle.

LUENGO.- ¡Ay, qué gracioso...! ¿Pero tú entiendes...?

ISIDORA.- Me parece que sí.

LUENGO.- ¡Vaya unas ínfulas que se trae la niña!

ISIDORA.- (**Con autoridad, llamando**.) ¡Bonifacio, Lucas! (**Se asoman a la puerta los dos Dependientes**.) Hoy mismo tenemos que hacer el inventario del género de la China. Velaremos todos si es preciso.

ISIDRO.- ¿Inventario? No es mala idea.

TRINIDAD.- Sí, sí.

LUENGO.- A buenas horas, mangas verdes. Isidora, hija mía, no te tomes ese trabajo... Yo, que les quiero de veras...

ISIDORA.- Si usted nos quisiera de veras, nos ayudaría, en vez de echarnos el dogal al cuello.

LUENGO.- No soy yo quien lo echa, es el señor Juez, que ha decretado el embargo.

ISIDRO.- ¡Ay de mí!

TRINIDAD.- ¡Jesús me valga!

ISIDORA.- (**A sus padres**.) ¡Valor, tesón, alma para afrontar las dificultades...!

ISIDRO.- ¡Pero, hija, si es imposible...!

ISIDORA.- Déjame a mí... ¿Me dejas, sí o no?

ISIDRO.- (**Aturdido**.) No sé... estoy loco.

TRINIDAD.- Que la dejes... Verás tú.

Dichos; DON NICOMEDES, por el foro. Luego DON SANTOS. TRINITA y SERAFINITO, que entran con él, se quedan en el fondo, como asustados de lo que pasa, y hablan con los dependientes, que se asoman a las puertas. Después UN COBRADOR de casa de Banca, con gorra galonada y cartera.

NICOMEDES.- Amigo mío, ya sabe usted por Luengo...

ISIDRO.- ¿Y cuándo?

NICOMEDES.- Mañana a la una se procederá al embargo. Por no querer seguir el consejo de un amigo desinteresado...

SANTOS.- **(Que pasa al proscenio izquierda.)** ¡Bien por los amigos desinteresados, que vienen a recoger el último aliento de la víctima...!

NICOMEDES.- ¡Oh, no...!

SANTOS.- (¡Canalla, víboras...!)

ISIDORA.- Pues digo que el embargo... no se verificará.

LUENGO.- ¿No lo crees?

NICOMEDES.- ¿Lo duda? Pues aquí tenemos al cobrador de Ruiz Ochoa que está bien informado. ¡Eh, Felipe! **(El COBRADOR que estaba en la puerta de la tienda con los dependientes, entra, descubriéndose.)** ¿Es o no cierto que mañana...?

COBRADOR.- Desgraciadamente es cierto, señor don Isidro. Vengo de casa del escribano. Mañana a la una.

ISIDORA.- No hay embargo.

ISIDRO.- ¿Qué dices?

ISIDORA.- **(Con energía.)** ¡He dicho que no!

SANTOS.- (¡Anda, valiente!... Pillos, atreveos con esta.)

ISIDRO.- ¿Pero, hija, de dónde sacaremos...?

ISIDORA.- De aquí, de la casa. Con energía, con ingenio, con firmeza de carácter, aquí mismo encontraremos la salvación. **(Asombro de todos.)** Usted... ¡eh!, ¿no es usted el cobrador de Ruiz Ochoa, a quien debemos...?

COBRADOR.- Sí señora.

ISIDORA.- Pues mañana a las doce... ¡a cobrar!

ISIDRO.- (**Asustado.**) ¡Hija!

ISIDORA.- Se pagará... He dicho que se pagará.

ISIDRO.- ¿Pero de dónde?

TRINIDAD.- ¿Cómo?

ISIDORA.- Aún no lo sé... Pero se pagará.

NICOMEDES.- (**Pasando al lado de** DON ISIDRO.) ¿Pero está loca?

ISIDRO.- No sé... porque dinero no ha traído a casa.

NICOMEDES.- ¿No? (**Asombrado.**)

ISIDORA.- Pero he traído lo que hacía más falta aquí. ¿No sabéis lo que es? Ya lo iréis viendo.

FIN DEL ACTO PRIMERO

ACTO SEGUNDO

La misma decoración del acto primero.

ESCENA PRIMERA

BONIFACIO **arreglando cajas de pañuelos**; después LUCAS y ALEJANDRO.

BONIFACIO.- **(Mirando por la izquierda.)** Se ha ido a comer... ¡Ah, **(Dejando de trabajar.)** gracias a Dios que puedo respirar un poco!... ¡Qué mujer, qué actividad, qué ardor para el trabajo! Desde que se puso al frente de la casa, andamos de coronilla los pobres dependientes. Verdad que vemos y tocamos el fruto de su inteligencia y de su energía; y da gusto, sí señor, da gusto ver prosperar la casa en que uno aprende para comerciante... Vale la niña, sí señor, vale...

LUCAS.- **(Por el foro.)** ¡Bonifacio!...

BONIFACIO.- ¿Qué quieres, hombre?... ¿qué hay?

LUCAS.- Un señor en la tienda, que ya me tiene loco. Le he mostrado cien biombos, y aún quiere ver más, los mejores.

BONIFACIO.- Aquí están.

LUCAS.- ¡Si quiere entrar a verlos aquí! ¿Sabes que sospecho...?

BONIFACIO.- **(Inquieto.)** ¿Qué señas tiene? **(Mirando hacia la tienda.)** ¿A ver?... **(Aparece ALEJANDRO en la puerta del foro y examina el local sin traspasar la puerta.)**

LUCAS.- Caballero, no se puede entrar aquí.

ALEJANDRO.- **(Con alegría.)** ¡Si está aquí Bonifacio! **(Entra.)**

BONIFACIO.- Allá le llevaremos los biombos.

ALEJANDRO.- Déjame a mí de biombos. No han sido más que un pretexto...

BONIFACIO.- ¡Don Alejandro, por Dios!

ALEJANDRO.- Al fin entro... ¿Y qué?

BONIFACIO.- (**A LUCAS.**) Vete a la tienda.

LUCAS.- (Él es sin duda.) (**Vase.**)

ESCENA II

ALEJANDRO, BONIFACIO.

ALEJANDRO.- Te explicaré...

BONIFACIO.- No me explique usted nada, y considere que aquí no puede estar. No es prudente...

ALEJANDRO.- No será prudente, pero es preciso. Suceda lo que quiera, he de verla hoy mismo. Dos semanas hace que me abandonó. Esperaba yo que volviese a mí... pero ¡ay!, tanto tarda, que no resisto más el deseo, la ansiedad de verla. ¿Está sola?

BONIFACIO.- ¡Si está con toda la familia! Hace un rato se han sentado a la mesa.

ALEJANDRO.- ¿Y don Santos? Ese me conoce: fue muy amigo de mi padre.

BONIFACIO.- Don Santos y don Isidro han ido a almorzar a casa de Rodríguez, el de la tienda próxima. Pueden venir de un momento a otro...

ALEJANDRO.- ¿Qué me importa? Todo lo arrostro, el escándalo, la violencia... **(Con arrobamiento.)** ¡Oh, aquí vive, aquí respira, aquí trabaja... y estos son sus libros de cuentas! **(Revolviendo en el escritorio, coge un libro, que abre.)** ¡Oh, deliciosos números, materia vil: la mano de esa divina mujer os anima, os da existencia espiritual, hermosa, poética!... Su mano... sí... aquí la veo... su inteligencia reposada, su serenidad encantadora. **(Besa con efusión el libro, y, muy abierto, lo aplica a su rostro.)** ¡Oh, qué números! Me los bebería... **(Dejando el libro.)** Ríete de mí si quieres, Bonifacio, al verme hacer estas locuras.

BONIFACIO.- No me río yo de usted, señor don Alejandro. Además, que ya estoy hecho a sus rarezas. Cuando yo era escribiente de su señor padre... ¿se acuerda?

ALEJANDRO.- Sí, hombre.

BONIFACIO.- Usted me quería mucho, me contaba cosas de novelas y dramas, y me enseñaba versos, y qué sé yo... Y cuando don Guillermo me reñía por cualquier falta, usted me defendía, y hasta se declaraba autor de mis travesurillas para evitarme el castigo.

ALEJANDRO.- Ya me acuerdo, sí. Pues ahora, si por permitirme estar aquí, te despiden los Berdejos, yo te colocaré con más sueldo en otra casa.

BONIFACIO.- Bueno... convenido.

ALEJANDRO.- Con que... ¿podré verla...?

BONIFACIO.- ¿Aquí?

ALEJANDRO.- ¿Y a solas?

BONIFACIO.- Lo dudo.

ALEJANDRO.- Entonces... tendré que volver...

BONIFACIO.- Calma. Si después de comer, doña Trinidad echara una siestecilla, y los chicos se pusieran a estudiar...

ALEJANDRO.- (**Impaciente**.) En fin, ¿qué debo hacer? ¿Vuelvo, o me quedo?

BONIFACIO.- Aguarde usted a que concluyan de comer. (**Mira por la puerta de la izquierda**.)

ALEJANDRO.- ¿Tardarán mucho?

BONIFACIO.- Un ratito.

ALEJANDRO.- (**Con afán**.) ¡Ay, mis ojos anhelan su rostro, como el ciego la luz! Sin oír su voz, paréceme muda toda la Naturaleza. Quiero que hablemos, que riñamos, que nos arrojemos de boca a boca ternezas o injurias.

BONIFACIO.- Según oí, parece que usted y ella no congeniaban... no casaban, como quien dice.

ALEJANDRO.- Pues por lo mismo, tonto, parecíamos destinados, o condenados, como quieras, a eterna concordia.

BONIFACIO.- ¿Sí? ¡Cosa más rara!

ALEJANDRO.- Ella es el reposo, la exactitud, la apreciación clara y justa de las cosas visibles, la paz, la dulzura; yo la fantasía, el ensueño, el más allá, la hipérbole, la querencia del ideal... en fin, que somos el sí y el no, el alfa y la omega, el fin y el principio, y por lo mismo, del choque, de la fusión de nuestras almas, debiera resultar la perfectísima y hermosa síntesis... Pero tú no me entiendes... No sabes lo que es síntesis...

BONIFACIO.- Quiere decir, que... vamos, como esos tejidos en que la urdimbre es seda, y la trama lana... de lo que resulta una tela hermosa, verbigracia, como el poplín de cuatro pesetas la vara.

ALEJANDRO.- *Grosso modo* lo has expresado bien. ¿Pero cuál de los dos es la seda? Creo que la seda soy yo.

BONIFACIO.- No; la seda es ella... que es lo que brilla... o no, la lana, que es lo que abriga, y da cuerpo... En fin... vale mucho esa mujer. ¡Cristo me valga! Creo que no ha nacido hembra de más disposición.

ALEJANDRO.- Ya oí... Ha salvado la casa.

BONIFACIO.- Por lo menos, camino de eso va.

ALEJANDRO.- Todo ello desplegando su actividad ardiente, su energía, su inteligencia.

BONIFACIO.- Verá usted. Lo mismo fue llegar a esta casa, quince días ha, que empezó a brujulear y a querer gobernarlo todo. Nos reíamos... pero pronto conocimos que la cosa iba de veras. Anunciaron el embargo para el día siguiente. Pues la niña se cuadró, y dijo: «se pagará». ¡Cristo, y se pagó!

ALEJANDRO.- Esa sí que es buena. ¿Y cómo...?

BONIFACIO.- Valiéndose de mil arbitrios, todos de la mejor ley. Descubrió porción de género que teníamos olvidado, y realizó una excelente operación con el saldista. Luego se dio sus mañas para negociar dos pagarés, uno a fecha próxima, otro a fecha lejana. ¡El demonio de la niña! A fuerza de constancia, prontitud y astucia, ha conseguido cobrar multitud de cuentas atrasadas, saldando de este modo muchos débitos de la casa. ¿Pues y las ventas? Conoce y halaga el gusto de las señoras, sabe explotar la moda y el capricho del día... Baja los precios de las maulas, refuerza los artículos de gran salida, y con su gracia y su mónita, atrae la parroquia de un modo increíble. Entra el dinero en casa que da gusto.

ALEJANDRO.- ¡Incomparable, divina mujer! Pero en su divinidad no es menos soñadora que yo. Porque toda esa energía, esa inteligencia, ¿a qué conducen, amigo Bonifacio?

BONIFACIO.- ¡Toma, a salvar la casa!

ALEJANDRO.- ¿Y qué importa que la casa se salve o perezca? ¿A qué tanto afán por este montón de trapos? ¿Qué vale esto, ni qué significa lo que vemos aquí?

BONIFACIO.- ¡Cristo, es la vida, el crédito, el honor de una familia!

ALEJANDRO.- ¡Qué inocente! Fíjate bien, medita en ello un poco, y comprenderás que cuanto en el mundo impresiona tus sentidos es pura ilusión. Vivimos en medio de fantasmas, de representaciones quiméricas, unas bonitas y otras no...

BONIFACIO.- (**Alelado.**) ¿Qué?...

ALEJANDRO.- Lo que te parece real, lo que ves y tocas, es tan ilusorio como lo que sólo habla a nuestro espíritu.

BONIFACIO.- Vamos, desvaríos de hombre rico y desocupado. Si tuviera usted que trabajar para ganarse el pan, no pensaría esas cosas.

ALEJANDRO.- ¡Trabajar... yo! No sirvo para emplear la vida en afanes, que al fin siempre resultan inútiles. Por mi suerte, o mi desgracia, que esto no lo sé, no he trabajado nunca. Todo me lo encontré hecho. Mis padres me criaron en la holganza. Al quedarme solo, no pensé más que en el único trabajo productivo y consolador: vivir.

BONIFACIO.- Vivir... para vivir. Ya lo creo... con mucho *parné*...

ALEJANDRO.- ¡El dinero! ¡Ficción, convencionalismo! Lo aprecio como un medio de satisfacer mis necesidades físicas y espirituales. Pero no sé crearlo, ni quiero. No sé ganarlo, vamos... y mientras lo tenga, vivamos... viviendo.

BONIFACIO.- Pues por ese caminito, fácil es que vaya usted...

ALEJANDRO.- ¿A dónde?

BONIFACIO.- A San Bernardino.

ALEJANDRO.- ¡La miseria! ¡Bah!... Otra ficción, como la riqueza. Y en último caso, a mí no me espanta. El día en que yo no pueda vivir, no viviré.

BONIFACIO.- Se matará... ya... Le viene de familia.

ALEJANDRO.- ¡La muerte... ah! (**Meditabundo.**)

BONIFACIO.- (**Vivamente.**) ¿Otra ficción?

ALEJANDRO.- No, esa no es ficción, Bonifacio. Hay dos verdades, aparte de la fundamental, Dios... Dos verdades: el amor y la muerte... En esta, si te fijas bien, no verás más que cambios de vida. ¿Se nos hace imposible la presente? Pues nos dirigimos a otra por un procedimiento que aterra a los cobardes; pero que a mí no me hace pestañear. Cuestión de carácter, de raza...

BONIFACIO.- ¡Cristo me valga, qué loco!

ALEJANDRO.- ¿Quieres oír un par de consejos de grande eficacia para la vida? Pues allá van: vive de lo que tengas, y despójate de toda ambición. Continúa en ese oficio vulgar, mientras la necesidad te obligue a ello, privándote de la vida fácil, libre y sin humillación. Pero si te cae herencia o lotería, o te encuentras algún tesoro, no trabajes, Bonifacio: sacude esa esclavitud tan dura como tonta. Cultiva la dignidad, la estimación de tus actos; no admitas favores, ni protección, ni auxilio de nadie, con lo cual evitas la gratitud, que es otra cadena de una pesadez intolerable. Haz todo el bien que puedas a tus inferiores. Busca tu recreo en la Naturaleza y en las Artes, las cuales nos proporcionan goces que no tenemos que agradecer. Y, sobre todo, y esta es la regla más práctica, Bonifacio: no te cases nunca, nunca, porque si el amor es lo más bello que el cielo nos ha concedido, el matrimonio es la más execrable invención de la tiranía social.

BONIFACIO.- No es mala doctrina; pero... (**Bruscamente, sintiendo ruido por la izquierda.**) ¡Ya salen!...

ALEJANDRO.- ¿Ella?... ¿Sola?...

BONIFACIO.- No, no... con toda la familia. Ahora es imposible...

ALEJANDRO.- ¿Y a qué hora crees que la encontraré sola?

BONIFACIO.- (**Inquieto.**) No sé. Lo mejor es que suba usted al entresuelo.

ALEJANDRO.- ¿A casa de mi amigo Morales? Sí.

BONIFACIO.- Y si luego, a media tarde, han salido todos, como creo...

ALEJANDRO.- Me avisas.

BONIFACIO.- Pero váyase pronto, que vienen. Salga por el portal. **(Le lleva a la puerta de la derecha.)**

ALEJANDRO.- ¿Y por aquí volveré?

BONIFACIO.- Sí.

ALEJANDRO.- De modo que me avisas...

BONIFACIO.- Mandaré un recado con el chiquillo.

ALEJANDRO.- ¿Tendré que llamar?

BONIFACIO.- Dejaré abierto... Pronto...

ALEJANDRO.- Bueno. En ti Confío. **(Vase por la derecha.)**

BONIFACIO.- Ya están aquí... Y la maestra con las disciplinas en la mano.

ESCENA III

ISIDORA, DOÑA TRINIDAD; TRINITA, SERAFINITO, **este comiendo el postre, y leyendo en un libro.**

ISIDORA.- (**A su hermana, con severidad.**) ¡Que no consiento esto, vamos, que no lo consiento!

TRINIDAD.- Bonifacio, a comer. (**Vase BONIFACIO por la izquierda.**) Déjala que estudie.

TRINITA.- Pero lo que digo: antes quisiera acabar mi vestido. (**A ISIDORA.**) Y no me has dado el rasete color malva, ni el pedazo de surah para la combinación.

ISIDORA.- ¡Yo no tengo rasete, ni surah, ni paciencia!

SERAFINITO.- (Duro en ella.)

TRINIDAD.- Pero, hija, la niña...

TRINITA.- (**Con mimo.**) ¡Y ahora que estamos sin doncella! También es tema haber despedido a la Calixta, que me ayudaba.

ISIDORA.- La he despedido, porque no servía para nada.

TRINIDAD.- Amalia, que no sabe cocinar, la pobre, será doncella desde hoy, y esta tarde misma tomaremos muchacha para la cocina.

ISIDORA.- No, no. Ni esta tarde, ni mañana, ni nunca.

TRINIDAD.- ¿Y cómo nos vamos a arreglar?

ISIDORA.- A ver. ¿Soy yo la que manda aquí?

TRINIDAD.- Hija de mi alma, desde que con tu energía, determinación y talento extraordinario salvaste la casa, tu padre y yo hemos delegado en ti nuestra autoridad.

ISIDORA.- Pues mamá, no te molestes en buscar cocinera, que ya la tenemos.

TRINIDAD.- ¿Quién?

ISIDORA.- Esta (**Coge a su hermana del brazo.**)

TRINITA.- ¿Yo? ¡Qué barbaridad!

SERAFINITO.- (**Cerrando el libro.**) (Prepárate... Cuando las barbas de tu vecino veas arder...)

TRINIDAD.- Pero, hija, ¿lo dices de veras?

ISIDORA.- ¡Y tan de veras! Estamos amenazados de ruina. Aquí no hay ya señoritos.

SERAFINITO.- (¡Ay, Dios mío!)

ISIDORA.- Todos somos criados de todos. Se acabaron los perifollos elegantes, incompatibles con nuestra pobreza; se acabó el piano, y...

TRINITA.- ¡Pero si yo no sé guisar! (**Lloriqueando.**)

ISIDORA.- Aprendes... ¡Más fácil es hacer un pisto sabroso en la cocina, que hacerlo malamente en el piano... con la Rapsodia húngara!

SERAFINITO.- (**Riendo.**) (¡Divino, delicioso!)

ISIDORA.- Mamá sabe cocinar. Yo también. Verás qué pronto te enseñamos.

TRINIDAD.- Bueno, bueno; pero me parece que...

TRINITA.- (**Llorando.**) Yo no quiero.

ISIDORA.- Pues si no se conforman todos... dimito.

TRINITA.- No, no.

TRINIDAD.- Dimitir no. (**Asustada.**) ¡Jesús! Estás demostrando una disposición colosal para el gobierno. Debemos obedecerte sin reparar en lo que mandas.

ISIDORA.- Nada, nada. Real decreto nombrando a la niña cocinera. Anda, ponte el delantal grueso. Se acabaron los rasetes, crespones y muselinas. Dispongo el descanso de las pobrecitas teclas, condeno a destierro los *Nocturnos* y *Fantasías*, y a muerte a las *Marchas Fúnebres* y *Danzas Macabras*.

SERAFINITO.- (**Riendo.**) (¡Ja, ja!... ¡Estupendo, colosal!) (**Haciendo burla de su hermana.**) ¡Cocinera! Pues lo que es yo, no ceno aquí esta noche.

ISIDORA.- ¿Que no?

TRINIDAD.- Vale más que cenes con tus amigos. Ya sabes que esta noche tiene que hablar...

ISIDORA.- Pero antes he pedido yo la palabra... En fin, ¿mando o no mando?

TRINIDAD.- Tú mandas, sí... pero el niño...

SERAFINITO.- (**Con terror cómico.**) (¡Ay, pobre niño!... Ya estás en capilla.)

ISIDORA.- Pues si mando...

SERAFINITO.- (Yo me escabullo.)

ISIDORA.- (**Agarrándole por un brazo.**) Ven acá, mequetrefe.

TRINITA.- (**Burlándose de él.**) ¡Ja, ja!, ahora le toca al sabio.

TRINIDAD.- Pero ya sabes cuánto le alaban...

ISIDORA.- ¡Vaya una ciencia la de estos micos! Pedantería, ideas y frases sueltas, tomadas de aquí y de allá, oídas en los corrillos, o pescadas en lecturas rápidas...

TRINITA.- (**Burlándose.**) El precocísimo filósofo, el joven pensador... ¡Ja, ja!...

SERAFINITO.- (**A TRINITA.**) Verás tú...

ISIDORA.- Mamá, no te forjes ilusiones. No es más que uno de tantos niños habladores, hueros y cargantes, que hacen aborrecibles el arte y la ciencia. Tiempo tiene de aprender con fundamento. Condeno a reclusión temporal los librotes que tú no entiendes. Que los estudios sociológicos y antropológicos se vayan a hacer compañía a la *Marcha Fúnebre* y a la *Danza Macabra*. Esta noche me copiará el niño sabio unas cincuenta facturas, y me escribirá veinte o más cartas.

TRINITA.- ¡Ja, ja!...

SERAFINITO.- Bueno. (**Cortado.**) Lo haré cuando vuelva.

ISIDORA.- No; si de aquí no sales ya. Voy a ponerte el grillete. Mamá, sácale unos manguitos.

TRINIDAD.- ¡Jesús, el niño al mostrador!...

ISIDORA.- ¿Que no?... Pues dimito.

TODOS.- (**Asustados.**) No, no.

ISIDORA.- ¿Y por qué no ha de salir al mostrador? ¿No salgo yo?

TRINITA.- Y yo también si hiciera falta.

ISIDORA.- No, tú a la cocina.

TRINIDAD.- (**Consolando a SERAFÍN.**) Hijo, resígnate hasta que pasen estas circunstancias.

ISIDORA.- (**A SERAFÍN afectuosamente.**) Mira: para que la transición no sea brusca, hoy te dedico a tareas fáciles. Ven acá. (**Va al escritorio.**) Empieza por ir al correo. Certificas estos dos paquetitos de muestras sin valor. Y a la vuelta, te pasas por casa del comisionista alemán...

TRINIDAD.- Hartmann.

SERAFINITO.- ¿El autor de la *Filosofía de lo inconsciente*?

ISIDORA.- No sé de qué es autor. Tú vas, y le pides el muestrario de percalinas asargadas, y me lo traes.

SERAFINITO.- Bien. Haré todo lo que mandes.

ISIDORA.- (**Acariciándole.**) Cabecita llena de viento, no se estudia sólo en los libros. Hay que aprender antes un poco de ciencia de la vida, en la vida misma.

SERAFINITO.- Bueno, hermana. Tú nos subyugas, nos fascinas; tienes sobre todos tal poder sugestivo, que no hay manera de resistirte.

TRINIDAD.- ¡Pero qué dirán sus amigos del *Círculo de Historia y Literatura*!

ISIDORA.- ¡Valiente caso hago yo de la opinión de los señores discursistas! ¡Que vengan, que vengan aquí con sus retóricas a salvarnos de la miseria, y a enseñarnos cómo se restaura el crédito de una casa, y se da de comer a una familia!

SERAFINITO.- No hay más que hablar.

ISIDORA.- Ya estás andando.

TRINITA.- Y yo a mi cocina.

TRINIDAD.- Empezarás por dar de comer a los chicos.

TRINITA.- (**A SERAFÍN.**) Adiós, hortera precocísimo.

SERAFINITO.- Fregatriz *dilettante*, hasta luego.

ESCENA IV

ISIDORA; DOÑA TRINIDAD; DON ISIDRO; DON SANTOS, **por la derecha.**

TRINIDAD.- ¿Y qué tal os ha tratado el viejo Rodríguez, nuestro vecino?

ISIDRO.- Un almuerzo de príncipes.

SANTOS.- (**A ISIDORA.**) ¡Ah, si supieras qué sorpresa te traemos!... ¿Se lo digo?

ISIDRO.- No, es una locura, un delirio. Somos muy prácticos.

TRINIDAD.- Pero dilo, hombre.

ISIDRO.- Luego. Esta me ha enseñado el método, y...

ISIDORA.- Sí, lo primero a nuestro negocio. A ver... tome las existencias de sedas bordadas, que no necesitamos.

ISIDORA.- Con el 25 por 100 de rebaja sobre el precio de factura...

ISIDRO.- (**Con timidez.**) No, hija; no me atreví a tanto, y le propuse el 35.

ISIDORA.- ¡Ay, papá; siempre eres lo mismo! Por esas timideces estás como estás... Considera que las sederías han subido de precio. Míralo; convéncete. (**Los dos pasan al escritorio, donde examinan papeles.**)

TRINIDAD.- (**Con DON SANTOS, en el centro.**) ¿Y qué?

SANTOS.- Toda la mañanita, desde que llegué de Móstoles, he andado como un azacán buscando a ese caballero. No sé dónde demonios se mete.

TRINIDAD.- Dicen que al entresuelo viene a menudo.

SANTOS.- ¿A casa de Morales? Subiré. Pero antes veré a los Guevaras, que son sus íntimos. Como que en poder de ellos tiene todo su capital. ¡Demonio de chico!

TRINIDAD.- Dicen que sale a su padre, buen hombre, pero que si apostaba a extravagante, no había cristiano que le ganara.

SANTOS.- Pues este da quince y raya al padre, a la madre, y a toda la familia.

TRINIDAD.- ¡Ay, Santos, Dios te dé buena mano!

SANTOS.- Pulso y ojo de cazador machucho.

TRINIDAD.- Eso es, sí... Me voy a dar a la pequeña la primera lección de cocina. (**Vase por la izquierda.**)

ESCENA V

DON ISIDRO, ISIDORA, DON SANTOS.

ISIDRO.- Tienes razón. Se hará como dices. **(Bajan los dos al proscenio.**) Si Requejo acepta, ya estamos de la otra parte. No nos metamos en más honduras. Contentémonos con conservar lo presente...

SANTOS.- Alientos tiene la niña para mucho más.

ISIDORA.- ¡Ya lo creo!

ISIDRO.- Yo no: mis aspiraciones son modestísimas.

ISIDORA.- Las mías pican alto.

ISIDRO.- No tengo ambición.

ISIDORA.- Yo sí. Y además constancia, tenacidad en mis propósitos.

SANTOS.- ¡Viva el águila del comercio matritense! No le cortéis las alas, y veréis hasta dónde se remonta. Yo que tú, aceptaría sin vacilar la proposición de Rodríguez.

ISIDORA.- **(Curiosísima.**) ¿Qué, qué es?

SANTOS.- ¿No se lo has dicho?

ISIDRO.- No, porque temo que pierda la chaveta, y quiera meterse en aventuras peligrosas.

ISIDORA.- **(Muy impaciente.**) ¿Pero qué es? Díganmelo.

ISIDRO.- Nada, que el viejo Rodríguez, nuestro vecino, está loco contigo...

ISIDORA.- ¿Prendado de mí?

SANTOS.- De tu talento, de tu disposición para los negocios...

ISIDRO.- Ya sabes que se retira. Desea que nosotros nos quedemos con su establecimiento.

ISIDORA.- ¿Es de veras? **(Batiendo palmas.**) ¡Jesús, qué dicha! ¡La camisería! ¡El colmo de mis anhelos!.... Pero las condiciones serán duras.

SANTOS.- ¡Quia! Excelentes.

ISIDORA.- Pues aceptado. ¿Pero, papá, tú lo dudas?

ISIDRO.- Hija de mi alma: temo que sea carga demasiado gravosa para nuestros hombros, que aún están muy débiles.

ISIDORA.- (**Vivamente**.) ¿Te dio el abuelo las condiciones escritas?

SANTOS.- Sí; ahí las tiene.

ISIDORA.- Dámelas.

ISIDRO.- Luego... ten juicio... No olvidemos el asunto más urgente... Requejo... ese no espera.

ISIDORA.- Es verdad. Vete pronto allá. No podemos descuidarnos.

ISIDRO.- Allá me voy, y mientras discuto con él las condiciones del descuento, tú lo dispones todo, y nos mandas...

ISIDORA.- La nota de las piezas de seda bordada, con los precios de factura, y otra nota de los cincuenta pañuelos de crespón que le cedemos.

ISIDRO.- Pero pronto, hija mía.

ISIDORA.- A prontitud nadie me gana.

ISIDRO.- Ahí tienes el *vendí* firmado por mí. Añades las...

ISIDORA.- Sí, sí... Allá irá todo, y si el saldista acepta, que aceptará, no te vengas sin traer todo ultimado; y recoges el pagaré.

ISIDRO.- Corriente...

ISIDORA.- Te mandaré también la nota del pedido de género alemán, para que a la vuelta...

ISIDRO.- Perfectamente. Abur...

ESCENA VI

ISIDORA; DON SANTOS; LUENGO, **que entra receloso y mal humorado**.

LUENGO.- ¡Felices!

ISIDORA.- ¿Qué hay?

SANTOS.- ¿Qué trae por aquí nuestro diligentísimo corredor y zurupeto?

LUENGO.- Pues... supe que haces más pedidos.

ISIDORA.- Sí... ¿y qué?

LUENGO.- Que ni tú ni tu padre os dais por vencidos...

SANTOS.- ¡Rendirse esta! ¡ja, ja!

ISIDORA.- Para mí no hay más que dos términos: la victoria o la muerte.

SANTOS.- ¿Qué tal?

ISIDORA.- Soy como los defensores de Zaragoza. No me rindo. Los sitiadores, si entran, pisarán mi cadáver.

SANTOS.- (**Aplaudiendo.**) ¡Bravísimo por la heroína!

LUENGO.- Bravísimo... Y ha corrido el rumor... por eso vengo... pero ¡quia!, debe de ser broma. ¡Lo que me reí cuando me lo dijeron!

ISIDORA.- ¿Qué?

LUENGO.- Que no contentos mis queridísimos amigos los Berdejos con las dificultades que les agobian, aspiran a quedarse con la camisería del vecino... ¡ja, ja!...

ISIDORA.- No reírse, amiguito.

LUENGO.- ¿Pero no es broma?

SANTOS.- ¿Qué ha de ser? El abuelo Rodríguez es quien pretende...

LUENGO.- (**Con estupor.**) ¡Pero si el chico de don Nicomedes y mis sobrinos contaban con ese traspaso!... El abuelo les prometió...

ISIDORA.- Pues será en el caso de que nosotros rehusemos...

LUENGO.- (**Sulfurándose.**) ¡Esto es increíble! ¡Qué gente más aprovechada! ¿Y don Isidro será capaz...?

ISIDORA.- Como siempre, mi padre teme; yo no.

LUENGO.- (**Con desprecio.**) ¿Y te crees con bríos para...?

ISIDORA.- Para eso y para mucho más. Conseguiré todo lo que me proponga. ¿Cómo? Poniendo en todas mis acciones la energía perseverante que me ha dado Dios. ¡Ay, que no me la quite! ¡No me la quites, Señor!

LUENGO.- **(Con ira, marcando mucho la palabra.)** ¡Voluntariosa!

ISIDORA.- No es eso... Pero sí: admito la palabra, a falta de otra.

SANTOS.- Eh... ¿qué tal?

LUENGO.- **(Desconcertado. Su hipocresía no es bastante a encubrir su cólera.)** ¡Pues no lo consentiremos!... digo... si me opongo... es por el bien de esta familia que tanto quiero... ¡Vaya un egoísmo! Pues no será, digo que no será... Queridísimo don Santos, no me niegue usted que...

SANTOS.- Pero ven acá... **(Siguen disputando en voz baja.)**

ESCENA VII

Dichos; SERAFINITO, **por el foro.**

SERAFINITO.- **(Entra rápidamente con varios muestrarios.)** Aquí estoy. Me pediste un muestrario y te traigo tres

ISIDORA.- Bien: así me gusta.

SANTOS.- **(Con LUENGO, a la derecha.)** No hay quien pueda con esta chica.

LUENGO.- Es un demonio.

SANTOS.- Un demonio que anda demasiado suelto, y yo pienso atarle.

LUENGO.- ¿Cómo?

SANTOS.- Con una cuerda, soga o cabezal, según los casos, que se llama marido.

LUENGO.- ¡Un marido!

SANTOS.- En eso ando.

LUENGO.- Ya... tratos y contubernios. Boda en perspectiva. Ahora comprendo... Por eso echan tantos humos, y quieren apandar todos los negocios... Claro: trincan al sonámbulo, que aún tiene dinero. **(Con misterio.)** Pues oiga, don Santos... No hay que fiarse.

SANTOS.- ¿Qué dices?

LUENGO.- Que si se confirma cierto run run, esa boda podría ser para ustedes un negocio detestable.

SANTOS.- ¿Ya empiezas?... ¡Envidioso!

LUENGO.- Pues, no digo nada... Al tiempo.

SANTOS.- ¡Bah!... La envidia te come. **(Retirándose.)** ¿Vienes tú?

LUENGO.- **(Pensativo, buscando un pretexto para quedarse.)** Todavía no. Quiero ver esos muestrarios...

SANTOS.- Pues abur... Que te alivies. **(Vase por el fondo.)**

ISIDORA.- Ahora te vas a la tienda... No te muevas de allí hasta que yo te llame.

SERAFINITO.- Allí estaré. **(Vase a la tienda.)**

ESCENA VIII

ISIDORA, LUENGO; **al final de la escena**, BONIFACIO.

ISIDORA.- (**Con indiferencia, dirigiéndose a la mesa-escritorio.**) ¿Aún está usted ahí?

LUENGO.- Tengo que hablarte.

ISIDORA.- (**Sorprendida.**) ¿A mí?

LUENGO.- (**Con misterio.**) Sí; de un asunto muy reservado, pero muy reservado.

ISIDORA.- ¿A ver, hombre?

LUENGO.- He sabido que Guevara anda mal... La noticia es de buena tinta. Corre la voz de que suspende pagos.

ISIDORA.- (**Con frialdad.**) ¿Y a mí qué?

LUENGO.- (**Con malicia.**) Una persona que a ti te interesa...

ISIDORA.- ¿A mí?

LUENGO.- Vamos, una persona que no puede serte indiferente... tiene todo su dinero en poder de Guevara. Ya ves... ¡qué peligro!

ISIDORA.- (**Comprendiendo.**) Ah... ya. (**Con serenidad.**) En efecto, yo lo sentiría... pero...

LUENGO.- ¡Ay, hija, con qué calma lo tomas! ¿Pero de veras, no te da frío ni calor que esa persona, esa... estimadísima persona, se quede en la miseria?

ISIDORA.- No puedo mirarlo con indiferencia. Al menos, por humanidad...

LUENGO.- ¿Por humanidad nada más? (**Asombrado de la calma de** ISIDORA.) ¿Pero tú...? Vamos, ten franqueza con el mejor amigo de la casa. Dime: ¿no tienes tú planes, nobilísimos planes... algún proyectillo tocante a ese sujeto?

ISIDORA.- ¿Planes yo? No por cierto.

LUENGO.- (Hipócrita, ¡qué bien finge!) Pues te dije lo de Guevara... porque tú previnieras a...

ISIDORA.- (**Vivamente.**) Pero si yo no tengo trato ni relación alguna con él. No he vuelto a verle.

LUENGO.- ¡Que no! (¡Ay, qué embustera!) Pues tengo entendido que el gran cazador don Santos anda detrás de esa florecilla para echarle el lazo, y traértela.

ISIDORA.- ¡Qué enredo! (**Con desprecio**.) ¡Déjeme usted en paz!

LUENGO.- Y entiendo que Alejandro estuvo aquí.

ISIDORA.- (**Asustada**.) ¡Aquí!

LUENGO.- Aquí, en tu casa.

ISIDORA.- ¿Cuándo?

LUENGO.- Hoy.

ISIDORA.- (**Con vehemencia**.) ¡Eso no es verdad! ¡Déjeme usted! ¡No quiero oírle!

LUENGO.- (**Con hipocresía, humillándose**.) Perdona, hija, no te enfades. Ya me voy. Yo soy tu amigo, amigo leal de la familia, y en prueba de ello, volveré a traer noticias, a saber de ti, de tus planes... Adiós... A trabajar la niña... Adiós.

ISIDORA.- Adiós, sí... Y no vuelva por acá... (Me da miedo este hombre.) (**Vase LUENGO. Sale BONIFACIO por la puerta de la derecha, con piezas de tela.**)

BONIFACIO.- (Ya está sola.) (**Al cerrar la puerta, no echa el pasador; la deja entornada: Márquese este movimiento.**)

ISIDORA.- Que no pase nadie. Tengo que trabajar.

BONIFACIO.- Está bien. (**Vase a la tienda: cierra las vidrieras.**)

ESCENA IX

ISIDORA; **poco después,** ALEJANDRO.

ISIDORA.- (**Afanada, sentándose en el escritorio.**) ¡Dios mío, lo que tengo que hacer!... Aquí está el *vendí*... Pongamos la nota del género cedido. (**Escribe.**) Primero: doce piezas de... (**Se detiene preocupada.**) Ese pillo de Luengo... No, imposible que Alejandro se atreviera a venir aquí. (**Escribe.**) Seis piezas de a metro sesenta de ancho... No sé por qué, hoy no puedo apartarle de mi memoria. (**Entra ALEJANDRO cautelosamente, y se desliza por el fondo de la escena.**) Hacen un total de metros noventa, que arrojan, pesetas 1.350. Bien... (**Pensando.**) Sí, le tengo aquí, aquí... Imposible olvidarle. Y lo que yo digo, ¿se acordará de mí? (**Venciendo su distracción, se obliga al trabajo.**)

ALEJANDRO.- (**Contemplándola desde el fondo, junto a una de las mesas grandes.**) Allí está la pobre, navegando en un océano de números. ¡Qué bella, qué encantadora en su afán de hormiga diligente! Es la loca del trabajo. Padece la más inútil y vana demencia de las muchas que afectan a la desdichada humanidad.

ISIDORA.- (**Escribiendo.**) Pesetas 1.037. (**Pensando.**) No sé qué siento hoy. Hay en mi cabeza como un deseo de descanso, de... No sé qué es esto. Si tendrá razón Alejandro, que sostiene que estos afanes embrutecen el alma, amargan la vida, y secan la fuente del ideal y de los goces puros, y tal y qué sé yo. Ello será así; pero como no vuelva la edad de oro, en que se mantiene la gente con bellotas, habrá que trabajar. Eso le contestaba yo; y él se reía, y decía unas cosas tan saladas... (**Dominando su pensamiento.**) Anda, hija, no te duermas. (**Escribe.**) Añado los cincuenta pañuelos crespón clase P. 14, P. 15. Veamos los precios. (**Coge una nota entre los varios papeles que tiene delante.**)

ALEJANDRO.- (**Avanzando un poco hacia la izquierda.**) ¡Linda criatura, esclava de ilusorios deberes, de una abnegación artificiosa! Mujer hechicera, atacada de la epidemia humana, o sea la plétora de leyes y principios... ¡Dichosos los salvajes, los pastores, los vagabundos, emancipados por la divina pobreza, por la bendita ignorancia!

ISIDORA.- (**Contemplando gozosa su escritura.**) ¡Qué bonitos números! Aquí tengo tres cincos, tan gallardos, con sus plumachos en la cabeza, y debajo un seis muy panzudo, agarrado de un tres, que parece desternillarse de risa... ¡Oh!, no sé qué tengo hoy... Ya me equivoqué tres veces. Es la pícara imaginación, que se me quiere insurreccionar... (**Oprimiéndose la frente.**) Imaginación, ten juicio... no enredes, hija, no enredes... (**Pensando.**) ¡Vaya con lo que me dijo Luengo! ¿Será cierto que estuvo aquí? ¡Pobrecillo! Sin duda está loco por verme... Pues que se fastidie. (**Recordando.**) ¡Ay, lo que me falta todavía!... ¡El pedido de género alemán! (**Levántase, y rápidamente va al otro lado.**) Aquí dejé los muestrarios. (**Los examina. ALEJANDRO se ha ocultado en el fondo tras cualquier objeto.**) Este no es. Aquí está el que pedí, (**Hojeándolo.**) con las señales de lápiz que puse la semana pasada. Bonitas telas... ¡qué novedad de colores!... De este color era el último vestido que me compró Alejandro... ¡Es raro esto, que no pueda hoy apartarle de mi memoria! (**Quédase absorta y se sienta en una silla baja, junto a la mesilla. ALEJANDRO se desliza paso a paso por el fondo, va al escritorio y se sienta en la banqueta.**) Paréceme que le estoy viendo. (**Dominándose.**) ¡No, si no quiero verle! (**Con energía.**) ¡No, no! (**Transición.**) Bah... ¡Cómo miente una, cómo miente, aun hablando consigo misma! Tenemos la mentira tan metida en el alma, que ni discurriendo a solas dejamos de decirnos algo que no es verdad... (**Recobrándose.**) Ea, que el tiempo vuela, Isidorita. A trabajar. (**Dirígese al escritorio. Al ver a ALEJANDRO en el sitio que ella ocupaba antes, da un grito; quédase después suspensa, aterrada, inmóvil y muda, como no creyendo a sus ojos, o si se hallara en presencia de una visión.**)

ALEJANDRO.- (**Sonriendo.**) Sí, yo soy... ¿Me tomas por un fantasma?

ISIDORA.- (**Da algunos pasos: retrocede.**) No, no eres... no eres... ¡Alejandro!... (**Acercándose más.**) ¿Eres tú de veras?

ALEJANDRO.- Yo, sí, que me recreo, que me extasío mirándote.

ISIDORA.- ¡Oh, qué absurdo!... ¡tú... en mi casa!... ¡Por Dios, vete, vete pronto de aquí! Pueden venir mis padres, mi tío...

ALEJANDRO.- Sosiégate... Me iré si tú lo mandas... Pero no sin decirte que me abandonaste caprichosamente y sin motivo. Sabes muy bien que no amo a la que fue causa de tu arrebato de celos; sabes que, de cuantas mujeres existen en el mundo, no puedo amar más que a una sola, a ti.

ISIDORA.- Déjame, déjame. Te tengo miedo. Guárdate tu amor, que para mí es tan incomprensible como tus ideas. Tus palabras bonitas no me trastornarán otra vez. Estoy curada de esa enfermedad que llaman ensueño.

ALEJANDRO.- Es que en medio de estas realidades en que tú vives, piensas en mí... No lo niegues.

ISIDORA.- ¡Fatuo!

ALEJANDRO.- Que no lo niegues, Isidora.

ISIDORA.- Bueno: pues que piense alguna vez, ¿eso qué significa?

ALEJANDRO.- Significa, sí... significa que tengo motivos para envanecerme... Mi fatuidad, como tú dices, mi orgullo, como digo yo, se funda en eso...

ISIDORA.- ¿En qué?

ALEJANDRO.- En que este soñador, este delirante, que aborrece los negocios, las carreras, la política y el matrimonio, que sólo ama las ideas puras, que es religioso a su modo, poeta a su modo, sin hacer versos, artista por entusiasmo, tiene y tendrá siempre un lugarcito en el pensamiento de la mujer práctica. No podrás, no podrás desterrarme de ti, Isidora, no podrás, no podrás... Y cuando más engolfada estés en tus números y más amarrada a la realidad por tus obligaciones... dejarás volar tus miradas por el vago espacio, buscándome a mí, al ensueño... No puedes, no, no puedes...

ISIDORA.- (**Haciendo un supremo esfuerzo para vencer la sugestión.**) ¡Sí podré! (**Apelando al último recurso.**) Me impides trabajar... Trabajo urgentísimo, de que depende quizás la salvación de mi casa.

ALEJANDRO.- Eso no. Tú trabajas... y yo te admiro.

ISIDORA.- No puedo. Tu presencia me trastorna.

ALEJANDRO.- Yo te ayudaré. (**Ademán de sentarse en el escritorio.**) Díctame.

ISIDORA.- No, no; déjame el sitio. (**Le echa del escritorio y se sienta ella.**) Acabaré la nota para el saldista.

ALEJANDRO.- ¿Quieres que dicte yo? (**Da la vuelta y se pone al otro lado del escritorio, vuelto hacia** ISIDORA.)

ISIDORA.- (**Escribiendo rápidamente.**) No, no es preciso. ¡Qué malo eres!

ALEJANDRO.- No soy malo. Soy un hombre que se ha formado solo, que nunca conoció el trabajo, ni las dificultades de la vida.

ISIDORA.- (**Muy nerviosa, escribiendo a prisa, y procurando abstraerse; pero sin conseguirlo.**) Doce mil setecientos y... ¡Ah!, me olvidaba. (**Buscando un papel.**) Estoy en Babia. Y tú robándome la tranquilidad, el tiempo. (**Escribe.**) Además, cincuenta pañuelos de crespón...

ALEJANDRO.- ¿Que yo te robo los pañuelos?

ISIDORA.- No... digo... Cincuenta, desde 130 a 800 pesetas... Sigue. ¿Qué decías?

ALEJANDRO.- Quedé huérfano y rico. Ni mis padres ni mi tutor supieron hacer de mí lo que llamáis un hombre útil. No es que yo me queje de este abandono.

ISIDORA.- Vives en un mundo imaginario.

ALEJANDRO.- Y tú en otro, porque eso que haces es tan imaginario y tan vago como las nubes que corren por el cielo, obscuras unas, otras iluminadas por el sol.

ISIDORA.- ¿Ves? Ya me equivoqué por culpa tuya. Escribirelo otra vez. Treinta varas a... ¿Con que las nubes?... ¿el rayo de sol?... a 12,50... Anda: ya equivoqué los números.

ALEJANDRO.- ¿Qué más da? Todos los números y cifras son iguales. Podrán parecernos distintos; pero en la cuenta final y total, no son más que una sucesión infinita de ceros.

ISIDORA.- (**Escribiendo con agitación.**) Con la rebaja del 30 por 100... Estás loco y quieres que yo también lo esté. Déjame a mí en la realidad, y vete tú a tus nubes.

ALEJANDRO.- Todo es nubes, eso y lo mío.

ISIDORA.- Ahora, el pedido. Coge el muestrario y me vas dictando las cifras de las telas que verás marcadas al margen con lápiz azul.

ALEJANDRO.- (**Coge el libro.**) Todo es cielo, espacio sin fin, la materia tan infinita como el espíritu, la diligencia tan ociosa como la ociosidad. (**Dictando.**) 747.

ISIDORA.- (**Muy excitada, escribiendo con grandísima rapidez.**) ¡Pobre visionario!... De esta pido treinta piezas... Sueñas con el arte que no posees.

ALEJANDRO.- 749... Lo poseo admirando a los que lo cultivan. 781.

ISIDORA.- Arte... ¡qué bonito! (**Calculando.**) Cuarenta y cinco piezas... Más a prisa.

ALEJANDRO.- 801 bis. Sueño con el amor, cuyo ideal encontré en ti.

ISIDORA.- Anda, morena. (**Burlándose.**) ¡El amor, valiente tontería!... (**Calculando.**) De esta ochenta piezas.

ALEJANDRO.- 810.

ISIDORA.- Si al menos te ajustaras a la realidad de las cosas... Treinta y cinco.

ALEJANDRO.- Eso es mucho pedir.

ISIDORA.- ¿Qué? (**Creyendo que se refiere al pedido de género.**) ¿Mucho?

ALEJANDRO.- No, digo... 842. La realidad y yo no hacemos buenas migas. 847 bis. Mis ideas, ya sabes...

ISIDORA.- (**Impaciente.**) Dame acá: yo acabo más pronto.

ALEJANDRO.- No, vida mía. 849.

ISIDORA.- Dame el libro. (**Se lo quita.**)

ALEJANDRO.- (**Señalando donde él quedó.**) Aquí estábamos.

ISIDORA.- Me sé de memoria tus ideas. (**Escribe.**) 850. (**Repitiendo burlescamente conceptos de él.**) «¡Abajo la vulgaridad! ¡Muera todo lo convencional y rutinario!... Las jerarquías sociales, el matrimonio, la...», ¡ja, ja!... 855... Cuarenta piezas.

ALEJANDRO.- Eso mismo.

ISIDORA.- ¿Sabes lo que significa toda esa monserga? Pues no es más que una forma de orgullo... Sí señor. 857.

ALEJANDRO.- De dignidad, digo yo.

ISIDORA.- De soberbia satánica... Cuarenta piezas. Vaya, he concluido. Gracias a Dios. (**Metiendo sus papeles dentro de un sobre.**) Tengo que mandar esto a mi padre.

(**Sale del escritorio. Dirígese a la puerta de la tienda y llama.**) ¡Bonifacio! (**Sale BONIFACIO.**) ¿Está ahí Serafín?

BONIFACIO.- Aquí está.

ISIDORA.- Que lleve esto... pero volando... a papá... en casa de Requejo. (**Da el pliego a BONIFACIO, y vuelve al proscenio. BONIFACIO se va y cierra.**) Y ahora, Alejandro, por Dios y por la Virgen... (**Señalándole la puerta de la derecha.**)

ALEJANDRO.- ¡Vida mía, cuánto me duele verte en este ardiente afán! Para librarte de él y salvar tu casa, dispón de lo mío.

ISIDORA.- Gracias. No puedo aceptarlo. Eres mi perdición... Lo has sido, lo serías otra vez... No, no quiero. (**Asustada, se aparta de él.**) Tu apoyo es mi muerte. (**Cae en una silla, como fatigada y abatida.**) Vete, y no pienses más en mí.

ALEJANDRO.- Ah, no... No pensar en ti. ¡Imposible! Es poco ya decirte que te adoro; déjame decirte que te admiro, noble y grande heroína. Quieres luchar sola, fiando en tu voluntad poderosa.

ISIDORA.- Luchar sola y honradamente es mi orgullo. No me prives de esta satisfacción, la más noble que puede tener un alma. (**Se levanta.**) Concédeme esto, y... (**Mirándole con afecto.**)

ALEJANDRO.- (**Que se había mantenido a respetuosa distancia, da algunos pasos hacia ella.**) ¿Qué?

ISIDORA.- Te querré.

ALEJANDRO.- (**Con júbilo.**) ¡Qué me querrás, que volverás a quererme!... No soy ya tan desdichado. El pobre soñador se consuela con esa esperanza, y hace de ella la verdad de su vida.

ISIDORA.- (**Retrocede asustada.**) ¡Cómo me seduce el pícaro!

ALEJANDRO.- (**Con entusiasmo.**) En mi corazón pongo un altar y en el altar un símbolo, uno solo: tú, tú, en alma y cuerpo...

ISIDORA.- ¡Me arrastra, me fascina!

ALEJANDRO.- Y allí te adoraré... No te desdigas. ¡Volverás a quererme!... Es que subsiste en ti el cariño... (ISIDORA **le mira amorosamente sin decir nada.**) Más que cariño, amor...

ISIDORA.- (**Dando algunos pasos hacia él con deseos de abrazarle, que reprime.**) Sí.

ALEJANDRO.- Si es ley que nos amemos, ven a mí.

ISIDORA.- Sí. (**Se abrazan.**) Es ley.

ALEJANDRO.- Si no existiera la disparidad de caracteres, no existiría el amor, el sentimiento universal que mueve los mundos.

ISIDORA.- Te quiero, sí. **(Con abandono, apoyando su frente en el pecho de él.)** Eres mi muerte moral, la muerte de mi voluntad. Desde que estás aquí, las ideas de orden se me han ido de la cabeza. **(Entorna los ojos, como sufriendo un desvanecimiento. ALEJANDRO la sostiene en sus brazos. Ambos están en pie.)**

ALEJANDRO.- Mejor. Las ideas de orden, los números, la regularidad son el desierto de la vida, que hay que atravesar con sed y fastidio. Al fin, ¿qué se encuentra? Nada, fastidio, sed... La sed no se acaba, ni el desierto tampoco.

ISIDORA.- **(Como dormida sobre el pecho de ALEJANDRO, los ojos cerrados.)** Sí... el desierto... sed.

ALEJANDRO.- Reconoce que estas luchas de la realidad a nada conducen, y que vale más dormir, soñar, entregarse al dulce acaso...

ISIDORA.- **(Como en sueños.)** Soñar... vivir...

ALEJANDRO.- Y que fuera del arte, del amor, de la poesía, nada existe que merezca nuestra atención.

ISIDORA.- ¡Oh, qué delirio! **(Despréndese de los brazos de ALEJANDRO.)** ¿Estoy soñando?... Alejandro, me matas.

ALEJANDRO.- Te resucito.

ISIDORA.- Déjame, te lo suplico.

ALEJANDRO.- ¡Oh, alma mía! ¿Qué he de hacer yo más que obedecerte? Pero a cambio de mi sumisión...

ISIDORA.- ¿Qué?

ALEJANDRO.- Una palabra, una sola... Dime que deseas unirte nuevamente a mí.

ISIDORA.- **(Aturdida y desconcertada.)** ¡No!... **(Con vacilación angustiosa.)** Sí... No sé... **(Con pena hondísima.)** ¡Dios mío, ya no tengo voluntad! Déjame, déjame ahora... Te lo suplico... Quisiera mandártelo; pero ya no puedo, no puedo mandar. **(Con infantil desconsuelo.)** No sé qué pasa en mí... Alejandro, te lo ruego... **(Luchando por recobrar su voluntad.)** Te pido que salgas de aquí... ¿Quieres que me arrodille para suplicártelo? **(Hace ademán de arrodillarse.)**

ALEJANDRO.- No, no... Adiós... Soy feliz. **(Se retira y retrocede.)** Un momento más.

ISIDORA.- No, no... ¡Vete, por Dios!

ALEJANDRO.- Obedezco... Adiós. (**Vacila: al fin se decide a partir**.) Hasta luego... Te espero... adiós.

ISIDORA.- Adiós. (**Cae anonadada en una silla, sollozando**.)

ESCENA X

ISIDORA; DON SANTOS, **que entra presuroso por el foro izquierda en el momento de salir** ALEJANDRO, **y le ve**.

SANTOS.- ¡Él aquí... y yo loco buscándole! Voy tras él.

ISIDORA.- **(Sin moverse de su asiento, muy abatida.)** No, no...

SANTOS.- **(Advirtiendo su turbación.)** ¿Pero qué... hija mía, qué te pasa?

ISIDORA.- Nada, nada.

SANTOS.- ¡Si supieras lo que ocurre! Una gran desdicha.

ISIDORA.- **(Asustada.)** ¿Qué?...

SANTOS.- Es cosa de él... Y yo acechándole en casa de Guevara... y la casa de Guevara... ¡Oh, cuánto pillo en este mundo!

ESCENA XI

ISIDORA, DON SANTOS, DON ISIDRO; **luego** DOÑA TRINIDAD.

ISIDRO.- (**Por la tienda, presuroso, muy sofocado**.) Hija mía, ¿pero qué te pasa?... ¿Estás loca?

ISIDORA.- ¿Pero qué?...

ISIDRO.- (**Con dificultad en el aliento**.) Que me has puesto en ridículo. Requejo ha creído que nos burlábamos de él. Se pasó la hora, y tus notas no llegaron.

ISIDORA.- (**Aturdida**.) Ahí están.

ISIDRO.- (**Mirando los papeles que toma de la mesa**.) Todo equivocado... confundidas las cifras, trocadas las marcas. ¿Qué suma es esta?

ISIDORA.- ¡Qué desatino! ¡Jesús!

ISIDRO.- ¿Pero tú cómo tienes la cabeza?

ISIDORA.- (**Afligida**.) Trastornada, ¡ay!, enteramente trastornada...

TRINIDAD.- (**Que entra por el foro izquierda y se aproxima al grupo**.) ¿Qué es eso? ¡Isidora! (ISIDORA, **paralizada por la estupefacción, no contesta**.)

ISIDRO.- Y nada hemos podido hacer. Requejo furioso. Yo aturdido...

ISIDORA.- No sigas. ¡Qué vergüenza!

ISIDRO.- Estamos perdidos. Requejo no espera... No podemos cumplir... La casa se hunde.

ISIDORA.- (**La mirada perdida en el espacio**.) La casa se hunde. (**Con terror**.) ¡Perecemos todos!

TRINIDAD.- ¿Pero, hija, tú sueñas?

ISIDORA.- Sueño, sí. (**Cae en una silla, fatigada y sin aliento. Todos la rodean afligidos**.)

ISIDRO.- ¡Dios de mi vida!

SANTOS.- Y Guevara, ¿sabes?, lo que yo temía, Guevara...

ISIDRO.- Se ha fugado... ya lo sabía... dejando descubiertos horribles.

SANTOS.- Alejandro... todo lo ha perdido...

ISIDRO.- Hija mía, ¿oyes? Todos caen, y en algunos la caída es castigo del Cielo.

ISIDORA.- **(Como despertando. Transición del aturdimiento a un vivo terror.)** ¡Ah...! ¡Caemos todos... nosotros... él!

ISIDRO.- Niña querida, recobra tu ser.

TRINIDAD.- Vuelve en ti.

ISIDORA.- ¡Oh, no puedo, no puedo!... Le quiero... Y ahora más, más... **(Llorando.)** Padre, madre, hermanitos míos, arrojadme de vuestro lado... Ya no soy vuestra Isidora... soy la otra, la otra... la suya.

ISIDRO.- Pero, hija de mi alma, ¿dónde está tu santa energía?

SANTOS.- ¿Tu bendita voluntad?

ISIDORA.- **(Con desvarío, mirando a todos.)** ¿Mi voluntad...?

TRINIDAD.- ¿Con él?

ISIDRO.- ¿Con nosotros?

ISIDORA.- **(Que pretende dominar la turbación de su mente. Pausa. Ansiosa se interroga.)** ¿Con él... con vosotros? **(Entregándose a la desesperación por no poder conciliar sentimientos contradictorios.)** ¡Ay de mí!... ¡no lo sé! **(Telón rápido.)**

FIN DEL ACTO SEGUNDO

ACTO TERCERO

La misma decoración de los actos primero y segundo. Entre el acto segundo y tercero transcurren algunas horas. Es de noche. Luz eléctrica en el escritorio y en el fondo.

ESCENA PRIMERA

BONIFACIO, TRINITA, SERAFINITO; **el primero arregla las piezas de tela en las mesas grandes; los dos segundos colocan en sus cajas algunos pañuelos de Manila que estaban sobre la mesa, y se los van dando a BONIFACIO; DOÑA TRINIDAD, que sale por la izquierda con mantilla; al fin de la escena, ISIDORA.**

TRINIDAD.- ¿Qué enredáis ahí vosotros?

TRINITA.- Mamá, ayudamos a Bonifacio.

TRINIDAD.- No perdáis el tiempo en tonterías. Tomad ejemplo de vuestra hermana, siempre esclava de su obligación...

SERAFINITO.- Pues esta tarde... (BONIFACIO **se retira al fondo.**)

TRINITA.- Di, mamá: ¿qué le pasó a Isidora esta tarde?

TRINIDAD.- (**Sin saber qué decir.**) Pues...

SERAFINITO.- Que su admirable máquina volitiva se descompuso un momento, y...

TRINIDAD.- Nada... un ligero accidente... algo a la cabeza... El excesivo trabajo, sin duda. Pero ya habéis visto. ¡La pobre, luchando fieramente consigo misma, y dominando su turbación, ha vuelto a ser la mujercita inteligente y hacendosa de siempre! Y al despejarse sus facultades, rehízo de prisa y corriendo las notas, con lo cual se pudo ultimar la operación con Requejo.

TRINITA.- Pero después del arrechucho se ha quedado tan triste... ¿Qué le pasa?

SERAFINITO.- Es que mi hermana padece esa perturbación encefálica y nerviosa que el vulgo llama amor, y los fisiólogos...

TRINIDAD.- Calla tú, mocoso.

TRINITA.- Mamá, Isidora no pudo trastornarse sin algún motivo...

TRINIDAD.- Yo también sospecho... Dime, Serafín. **(Con secreto.)** Tú, que estabas en la tienda esta tarde, ¿no viste si alguien entró...?

SERAFINITO.- ¿Aquí?... No sé. Las vidrieras estaban cerradas... Pero parecíome oír voces... Bonifacio sabrá.

TRINIDAD.- (Ese lo sabe, sí... pero no dirá nada; es muy zorro.) ¡Bonifacio!

BONIFACIO.- Señora.

TRINIDAD.- Sospecho que Isidora tuvo esta tarde alguna visita... desagradable.

BONIFACIO.- ¿Desagradable? No recuerdo...

TRINIDAD.- Mala memoria tienes. ¿No se apareció por aquí algún fantasma?...

BONIFACIO.- ¡Fantasmas en la trastienda! ¿Y cree usted que Isidora se asusta de fantasmas? ¡Quia! Tiene tal valor y presencia de ánimo, que las apariciones no le causan miedo.

TRINIDAD.- Cuéntame...

BONIFACIO.- Aquí viene. **(Sale** ISIDORA **por la izquierda.)**

ISIDORA.- Ea, la gente menuda no tiene nada que hacer aquí. **(A SERAFÍN.)** Tú, a la tienda.

TRINITA.- Ya he cocido las perdices, como me mandaste, con hierbas de estrago, achicorias, perejil, tomillo, acederas, hinojo...

TRINIDAD.- Pues ahora las sacas de la cazuela...

ISIDORA.- Las machacas, las picas muy menudito, muy menudito...

TRINITA.- ¿Y qué más?

ISIDORA.- Ya te lo dirá después. Vete a la cocina.

TRINIDAD.- Y yo a la novena. **(Aparece** DON SANTOS **por la derecha.)**

ISIDORA.- Hasta luego, mamá. **(Vase** DOÑA TRINIDAD **por el fondo y también** BONIFACIO **y** SERAFÍN. TRINITA **por la izquierda.)**

ISIDORA; DON SANTOS.

ISIDORA.- (**Con ansiedad**.) Tío, ¿qué hay? ¿Le ha encontrado usted?

SANTOS.- Sí.

ISIDORA.- ¿Dónde?

SANTOS.- Arriba, en casa de Morales. Ahí está desde que salió de aquí.

ISIDORA.- ¿Y qué le pasa?

SANTOS.- Nada; está muy triste, como si presintiera su desgracia...

ISIDORA.- (**Sorprendida**.) ¿Pero no lo sabe?

SANTOS.- Nadie se atreve a decírselo. Morales y su mujer temen, como yo, que cuando sepa la verdad de su ruina lastimosa, inevitable, seguirá el caminito de su padre.

ISIDORA.- (**Dolorida**.) ¡Ay, yo también lo temo; casi lo tengo por seguro! Conozco, como nadie, aquel carácter inflamable, aquel orgullo que rinde culto idolátrico a la dignidad, a una dignidad falsa y mentirosa... ¿Pero qué hace?

SANTOS.- Nada; jugar con los chicos... Les está armando un teatro... ¡Créelo, me daba pena verle tan ignorante de su desdicha! Morales cree que sólo tú puedes evitar en él los terribles efectos de la desesperación...

ISIDORA.- Sí, yo sólo puedo consolarle en este infortunio, fortalecer su espíritu... Voy allá.

SANTOS.- (**Deteniéndola**.) Aguarda, hija. No es conveniente...

ISIDORA.- ¿Por qué?

SANTOS.- Sin contar con tus padres, no debes...

ISIDORA.- Yo les diré a mis padres que esto es un deber...

SANTOS.- Con todo, reflexiona...

ISIDORA.- Iré a su casa.

SANTOS.- Menos.

ISIDORA.- Pues vuelva usted arriba... Prevéngale...

SANTOS.- Ya sabes a lo que voy. Francamente, hija, no está el hombre en situación de que yo le diga: «O te casas con mi sobrina, o te pego un tiro». Y él me contestaría: «¡Soberbio! Así me ahorra usted el trabajo de pegármelo yo».

ISIDORA.- **(Displicente.)** Déjese usted de tiros, por Dios. Otra cosa: si al bajar entrara aquí un momento...

SANTOS.- No me parece bien.

ISIDORA.- Mamá en la novena...

SANTOS.- Tu padre vendrá de un momento a otro...

ISIDORA.- Si pasara por aquí, yo le daría la noticia y... **(Gozosa, con una idea feliz.)** ¡Ah!... ¡Ya... ya la tengo! Tío, tío de mi alma, ¡qué idea se me ha ocurrido!... ¡Oh, qué idea!...

SANTOS.- A ver, a ver...

ISIDORA.- Dice usted que no sabe su ruina...

SANTOS.- No la sabe.

ISIDORA.- ¿Está usted seguro?

SANTOS.- Segurísimo.

ISIDORA.- ¡Pues verá usted qué idea tan atrevida, tío, qué idea tan soberana! Le pongo dos letras diciéndole... **(Va al escritorio y se pone a escribir.)** que necesito dinero, que... Él me hizo esta tarde ofrecimientos, como siempre... Le conozco: su generosidad es ilimitada, rasgo capital de su carácter, como el odio al matrimonio...

SANTOS.- ¿Y crees seguro?...

ISIDORA.- Como tenerlo en la mano. Ya está. **(Cierra la carta.)** Ahora, tío, usted que es tan bueno, hará que llegue a sus manos... Pero en seguida, sin perder un minuto... antes que se nos escape.

SANTOS.- Venga... Se la daré al criado de Morales... **(Coge la carta.)**

ISIDORA.- Usted me ayuda o no me ayuda... Soy tremenda, ¿verdad?, fastidiosísima; pero este es un caso en que...

SANTOS.- **(Viendo venir a DON ISIDRO por el foro.)** Tu padre... Me voy por aquí. **(Vase por la derecha.)**

ESCENA III

ISIDORA; DON ISIDRO.

ISIDRO.- Hijita mía... ¿Sigues bien? (**Se sienta fatigado.**)

ISIDORA.- Ya usted ve.

ISIDRO.- Y contenta, ¿verdad?... Me parece mentira que tan pronto recobraras tu energía, tu facultad sublime...

ISIDORA.- ¿Al fin, lo arreglaste todo?

ISIDRO.- Atropelladamente; pero se arregló... y la casa está salvada... por el momento.

ISIDORA.- Y por siempre, papá. Ten fe, valor, confianza en ti mismo, en mí, en Dios que no nos abandona.

ISIDRO.- (**Besándole la mano.**) ¡Qué hija, qué perla!

ISIDORA.- Pero no perdamos el tiempo. ¿Traes la proposición de Rodríguez?

ISIDRO.- (**Sacando un papel del bolsillo.**) Sí; aquí la tienes.

ISIDORA.- La examinaré...

ISIDRO.- Sospecho que en este negocio nos crearemos enemistades...

ESCENA IV

Dichos; LUENGO, **poco después** DON NICOMEDES.

LUENGO.- (**Que entra presuroso, con mal ceño, por el foro, y oye la última frase de** DON ISIDRO.) Diga usted que sí...

ISIDRO.- ¡Oh, Luengo, destemplado vienes!

LUENGO.- ¡Furioso!... (ISIDORA **se va tranquilamente al escritorio y se pone a leer y escribir.**)

ISIDRO.- ¿Qué mosca te ha picado?

LUENGO.- ¡Contento tienen ustedes a don Nicomedes Guijarro, en gracia de Dios!...

ISIDORA.- (**Sin dejar de escribir, con tranquilidad.**) ¿Nosotros?... ¿por qué?

LUENGO.- Por que don Nicomedes, hombre muy cabal, y con su aquel de negra honrilla, no soporta que Rodríguez, faltando a su palabra, traspase a usted su establecimiento, ni menos tolera que usted...

ISIDRO.- Si es cosa de esta, que gusta de acumular dificultades para vencerlas...

LUENGO.- ¡Otra más cabezuda!

ISIDRO.- Es que ella sabe, discurre, ambiciona... Nuestro vecino, admirador como todo el barrio, de las dotes de mi hija, quiere protegerla, dar elementos a su extraordinaria capacidad.

LUENGO.- (**Cargado de tantos elogios.**) ¡Oh, sí, la octava maravilla, la undécima musa, y la prima hermana de los siete sabios de Grecia!

NICOMEDES.- (**Por el foro, con desenfado y grosería, sin ver a** ISIDORA.) Ya tenemos todos el talento de la niña, las dotes de la niña, y las facultades de la niña, montados en la nariz. (**Viendo a** ISIDORA.) ¡Ah!... estaba aquí.

ISIDORA.- (**Con calma.**) Sí, señor, aquí estoy, oyendo a usted con el gusto de siempre.

NICOMEDES.- ¡Gracias!

ISIDRO.- (**Medroso, queriendo apaciguarlo.**) Amigo don Nicomedes, ya lo arreglaremos...

NICOMEDES.- Amigo don Isidro, Rodríguez prometió cederme su establecimiento para mi chico, y los sobrinos de éste...

LUENGO.- Y ahora se vuelve atrás.

NICOMEDES.- Aquí no hay más arreglo que decirle ustedes: «no aceptamos».

ISIDRO.- Bueno... y veremos...

ISIDORA.- No, papá, no hay veremos... ya lo hemos visto.

NICOMEDES.- ¿De modo que...?

ISIDORA.- Mucho siento que usted se sofoque, señor don Nicomedes, pero no desistimos.

LUENGO.- Ángel de Dios, reflexiona...

ISIDORA.- Lo siento; pero...

NICOMEDES.- Le anuncio a usted, señor don Isidro, que tendremos un disgusto. (**Aparece** DON SANTOS **por la derecha.**)

LUENGO.- Como amigo... de corazón, te anuncio un desastre.

ISIDORA.- (**Levántase y sale del escritorio.**) ¡Si a la Providencia le da por protegerme! Vean, vean cómo está mi tienda. ¡Si sólo con entrar yo aquí ha crecido la parroquia hasta un punto increíble! Y es por el ángel que tengo, porque vienen los compradores a mi casa como las moscas a la miel... Ea, señores, hemos concluido.

ESCENA V

Dichos; DON SANTOS.

NICOMEDES.- (**A LUENGO, aturdido y rabioso**.) ¡Es un demonio!

LUENGO.- Nos trae locos la dichosa niña.

SANTOS.- (**Avanzando junto a** ISIDORA.) Sobrinita, ya tienes a la envidia junto a ti con las uñas muy afiladas. Era el único florón que faltaba a tu corona.

ISIDORA.- ¡Valiente caso hago yo de los envidiosos!

ISIDRO.- Señores, calma... No desconfío de encontrar una fórmula de concordia...

NICOMEDES.- Déjenos usted de fórmulas. Se empeñan en tenernos por enemigos, y enemigos seremos.

LUENGO.- Yo bien quisiera...

NICOMEDES.- (**Desenmascarando su cólera**.) Soy muy claro, y cuando me ofenden, ofendo a cara descubierta. Señor de Berdejo, no cuente usted ya con género de la China, por la casa de comisión inglesa... a menos que lo pague al contado.

ISIDRO.- (¡Esta es otra!)

LUENGO.- Crea usted, don Isidro de mi alma, que esto me aflige...

SANTOS.- (**Con arrogancia a** DON NICOMEDES.) Pues yo le digo a usted que se meta en el bolsillo todo el género chinesco, porque mi sobrina es muy capaz de traerlo directamente, y de entenderse...

NICOMEDES.- ¡Ja, ja!... ¿Con quién?

SANTOS.- ¡Con el Emperador de la China, rayos!

NICOMEDES.- ¡Patraña!

ISIDRO.- (**Caviloso**.) No sé qué pensar... (LUENGO **y** DON NICOMEDES **se retiran un poco hacia el foro, como para deliberar**.)

ISIDRO.- (**A** ISIDORA **y** DON SANTOS.) Mi parecer es que no debemos indisponernos...

ISIDORA.- ¡Siempre la vacilación, siempre el miedo! ¡Ay, no sé a quién salgo yo! (**Entregando a su padre el papel que antes le dio este**.) Aquí tienes la proposición de Rodríguez. Aceptamos las condiciones. Trato hecho.

ISIDRO.- ¿Y yo...?

ISIDORA.- Vas allá. Él te espera. Si está conforme con lo que indico en mi nota, cierras trato, y la camisería es nuestra.

ISIDRO.- (**Como resignándose**.) Bueno.

NICOMEDES.- En vista de esa obstinación temeraria y provocativa, señor de Berdejo... (**Amenazador**.) lo dicho dicho.

ISIDRO.- (¡En la que nos hemos metido!)

LUENGO.- Don Isidro, yo me lavo las manos...

NICOMEDES.- Yo no... digo, también yo...

SANTOS.- (Por mucho que te las laves, nunca las tendrás limpias.)

NICOMEDES.- Pues quieren guerra... ¡guerra!

ISIDORA.- (**Con solemnidad**.) Dios amparará mi derecho, y fortificará mi voluntad. (**Salen por la tienda**.)

ISIDRO.- (**Viéndoles salir**.) ¡Ah, gracias a Dios!

ISIDORA.- (**Impaciente**.) Y tú, papaíto querido, ya sabes... Vas a casa del abuelo y cierras trato con él.

ISIDRO.- (**Fatigado**.) Sí, hija mía... Voy... (**Sale por el portal**.)

ESCENA VI

ISIDORA; DON SANTOS.

ISIDORA.- **(Vivamente.)** ¿Y la carta?

SANTOS.- En su poder está. Se la di al chiquillo mayor deMorales...

ISIDORA.- ¿Vendrá?

SANTOS.- No Sé... **(En actitud de cazador.)** Aquí me estoy... en el puesto. Tú eres el reclamo... Veremos si entra.

ISIDORA.- Pero no hay que tirar.

SANTOS.- Pues cóbrale... mátale tú, es decir, hazle tu marido.

ISIDORA.- **(Desalentada.)** ¡Mi marido!... Ahora más difícil que nunca... ¡Él arruinado, yo en vías de prosperidad! Basta decirlo, para ver ensanchado hasta lo infinito el abismo que nos separa. **(Creyendo sentir pasos, se acerca a la puerta del portal.)** Paréceme sentir...

SANTOS.- No, hija. Oyes los latidos de tu corazón, y crees que son sus pasos.

ISIDORA.- **(Con la mano en el corazón.)** Es verdad. Esta noche estoy inspirada, tío. Siento que mi inteligencia, después de aquel desmayo, se despierta y afina más. Y sobre todo, campea mi voluntad, más briosa que nunca.

SANTOS.- **(Con entusiasmo.)** ¡Firme, hija, firme!

ISIDORA.- Sí. Dios protege a los tercos. **(Creyendo sentir ruido en el portal.)** ¡Ah!... ahora sí...

ESCENA VII

ISIDORA, DON SANTOS, ALEJANDRO.

ALEJANDRO.- (**Entreabre la puerta de la derecha, y se asoma**.) Isidorilla, ¿puedo entrar?

SANTOS.- Pase, pase.

ALEJANDRO.- (**Entrando**.) ¡Ah...! Está aquí don Santos.

ISIDORA.- ¿Has recibido...? (**Afectando vergüenza**.)

ALEJANDRO.- Pero, vida mía, ¿por qué no me lo dijiste esta tarde?

ISIDORA.- No me atreví... Me daba vergüenza...

SANTOS.- Es muy vergonzosa...

ALEJANDRO.- ¡Tontuela!

ISIDORA.- ¿De modo que accedes...?

ALEJANDRO.- Ahora mismo.

ISIDORA.- ¿Tienes ahí tu libro de cheques...?

ALEJANDRO.- (**Sacándolo**.) Sí.

ISIDORA.- ¡Ay, qué vergüenza!... ¡No sé cómo tengo cara...!

ALEJANDRO.- Bah... Entre nosotros... (**Prepárase a extender el cheque**.)

SANTOS.- Alto... No puedo consentir... Esto no ha sido más que una estratagema de la niña para traerle a usted aquí, a fin de evitar...

ALEJANDRO.- (**Suspenso**.) ¿Qué?

SANTOS.- Conviene que sea ella quien le dé a usted la terrible noticia...

ALEJANDRO.- ¿De qué?...

SANTOS.- Señor mío, es muy triste, muy doloroso tener que decirle...

ALEJANDRO.- (**Impaciente**.) ¿Se burlan de mí?... ¿Pero qué hay, vive Dios!

SANTOS.- Hay... que está usted arruinado.

ALEJANDRO.- ¡Arruinado!

SANTOS.- Guevara, su amigote de usted, ha tomado las de Villadiego, dejando en la miseria a los que le habían confiado sus intereses.

ALEJANDRO.- ¿Qué dice? ¿Pero es verdad?

ISIDORA.- Sí.

ALEJANDRO.- (**Aturdido y lleno de zozobra.**) Quiero cerciorarme... quiero saber... (**Intenta salir**. ISIDORA **le corta el paso.**)

ISIDORA.- (**Imperiosamente.**) No saldrás.

ALEJANDRO.- La noticia puede ser falsa... Voy.

ISIDORA.- No lo es.

ALEJANDRO.- Quiero asegurarme...

ISIDORA.- Basta que yo lo diga. Te prohíbo salir.

ALEJANDRO.- ¡A mí!...

ISIDORA.- Sí... Que no sales te digo. Quiero que estés aquí, en mi casa... al lado mío...

SANTOS.- (**Cogiéndole del otro brazo.**) Al lado nuestro.

ALEJANDRO.- (**Como volviendo en sí.**) Dejadme salir.

ISIDORA.- ¿Para qué? Ya sabes la triste verdad. Eres pobre. Bruscamente has pasado del bienestar a la miseria.

ALEJANDRO.- (**Con exaltación gradual hasta el fin del parlamento.**) ¡Oh, miseria, miseria; no me tendrás, no, no! Te rechazo como castigo; te detesto como enseñanza. Pavorosa realidad, me rebelo contra ti. No tratéis de convencerme, no tratéis de conquistarme. Dios me ha hecho incompatible con la miseria; Dios ha puesto en mí la absoluta incapacidad para luchar con ella. No puedo, no puedo, Isidora. Te admiro; pero jamás seré como tú... Honrada familia, y tú, mujer amada, perdonadme todos el mal que os he hecho y que hoy no puedo remediar, hoy menos que nunca. Dejadme, dejadme en poder de mi destino; dejadme en las realidades de mi carácter; no toquéis a mi orgullo, que no admite mano de nadie; que antes quiere la muerte que la humillación. ¡Miseria, infierno de la vida, no me tendrás! Sólo caen en ti los cobardes. Yo sé cómo se libra un hombre de tus horribles tormentos... Yo me salvo, sí; soy libre, libre como el aire, como la idea. (**Cae en una silla fatigado y sin aliento.**)

ISIDORA.- ¡Por Dios, qué delirio!

SANTOS.- Calma, hijo mío. Eso no es propio de un cristiano.

ALEJANDRO.- **(Restregándose los ojos, como quien despierta de un sueño.)** ¡Pobre, miserable!... ¿Estoy soñando, Isidora?

ISIDORA.- No. Quizás es la primera vez en tu vida que estás despierto. Soñabas cuando eras rico. Has abierto los ojos a la realidad. (ALEJANDRO **apoya su cabeza en la mesa, mostrando un gran abatimiento**.)

SANTOS.- **(Va de puntillas al lado de** ISIDORA, **que contempla con tristeza la actitud lúgubre de** ALEJANDRO.) Esta es la ocasión, chiquilla... ¡Fuego en él!

ISIDORA.- **(Desalentada**.) ¡Ay, tío, qué poquita confianza tengo!

SANTOS.- Aquí de tus facultades. Yo voy en busca de tus padres. Conviene que se enteren de esto. **(Vase presuroso.**)

ESCENA VIII

ISIDORA; ALEJANDRO.

ISIDORA.- ¡Qué bien hice en traerte a mi lado! La fierecilla de tu desesperación me da más miedo lejos que cerca de mí. Dios ha querido que en este trance puedas oír la voz de tu Isidora, que te dice: «Alejandro, morir es ley; matarse es un crimen».

ALEJANDRO.- La vida es el mal; y sólo por excepción y negándose a sí misma, nos ofrece algún bien... Ya para mí se acabaron esas breves excepciones, y no veo más que el mal inmenso, el dolor continuo, las privaciones, la miseria, la humillación, la vergüenza.

ISIDORA.- Mira bien, que algo más habrá.

ALEJANDRO.- Tú, sí... tú, que eres como estrella distante, que brilla en medio de esta inmensidad tenebrosa... Pero estás muy lejos, Isidora, muy lejos.

ISIDORA.- Pues si soy tu estrella, mírame bien; mírame mucho, y verás cómo me acerco.

ALEJANDRO.- Ya miro... y cuanto más te miro, más te alejas. Tus rayos se pierden en la obscuridad, tiemblan, se debilitan, se apagan... **(Pausa.)** Déjame partir... Sólo me resta decirte que me perdones el mal que te causé. No supe hacer tu felicidad; no supe... y ahora... tampoco podría. Ahora menos que nunca.

ISIDORA.- **(Con tristeza.)** Sí, menos que nunca. Porque ahora quieres morir, y yo... aquí permanezco sola, triste, atravesando, como tú dices, el desierto de la vida, donde todo es sed, fastidio... Voy sola. La sed no se acaba, ni el desierto tampoco.

ALEJANDRO.- **(Vivamente.)** En el mío, en mi desierto, yo veo un fin, el descanso.

ISIDORA.- No; no lo creas. Si las almas son siempre lo que son, la tuya no hallará la paz ni el reposo que busca tras de la muerte, Alejandro. Por librarte de lo que crees humillación, atentas a tu vida, sin considerar que esta no te pertenece.

ALEJANDRO.- ¿Que no?

ISIDORA.- No. Porque es de Dios... y mía también. Dios, con lo que me ha hecho padecer por ti, me ha dado parte de tu vida, y esta parte mía no la suelto, no. Me ha costado tantas lágrimas, que ha venido a ser como mi propia vida.

ALEJANDRO.- Hablas a mi corazón, y lo conmueves y lo desgarras. Pero tu voluntad, con ser tan poderosa, no puede subyugar la mía. **(Confuso y luchando.)**

ISIDORA.- Porque no me quieres, porque no me has querido nunca.

ALEJANDRO.- No digas tal... Eso no.

ISIDORA.- Y bien claro se ve ahora en esta crisis de tu egoísmo. Tú me perteneces, yo te pertenezco. Debimos vivir unidos, morir juntos. Tú no quisiste, no quieres... Ni en la vida ni en la muerte deseas estar a mi lado, y te obstinas en morirte solo, sin comprender que...

ALEJANDRO.- **(Empezando a sentir la fascinación.)** ¡Oh!... ¡Isidora!...

ISIDORA.- **(Ejerciendo la influencia sugestiva.)** Sin comprender que esos ensueños tuyos, ese buscar el reposo en la muerte, es el mayor de tus errores.

ALEJANDRO.- ¡Oh... me domina, me vence!

ISIDORA.- Reconoce que es mucho más bello que tu idealismo, el luchar sano de la vida, la vida, ¡ay!, con sus alegrías y sus desmayos, con el temor, la esperanza, la duda, la fe; con el sacrificio, que ennoblece nuestra alma, y el amor, que la inunda de gozo; con la amistad, con la familia, con Dios, que nos ama, nos guía, y mandándonos esperar, nos espera...

ALEJANDRO.- ¡Oh!, ¡qué delirio...!

ISIDORA.- No es delirio... Es la verdad, la verdad. Esto que ves en mí, es la razón soberana, con la cual, valiéndome de la fuerza que me ha dado Dios, hago un lazo y te sujeto y te amarro a la vida.

ALEJANDRO.- ¡Oh! Me subyugas, me fascinas con esa misteriosa energía que arrojas de ti, por tus ojos, por tu voz, por todo tu ser. No muero, no, no quiero morir, porque no veo un medio de adorarte fuera de esta vida... Por tu amor vivo. Es el único fin que veo en mi desdichada existencia.

ISIDORA.- ¡Quererme a mí! ¡Pagar mi amor con el tuyo...!¿Qué fin más grande y noble?

ALEJANDRO.- Amarte... Es toda la vida, la de acá, la de allá, y todas las vidas posibles.

ISIDORA.- Eres mío. Vives. Te he ganado.

Dichos; DOÑA TRINIDAD, DON ISIDRO, DON SANTOS, TRINITA, SERAFINITO.

TRINIDAD.- (**Presurosa, por el foro.**) Tu padre viene... Ese hombre... ¡ah!... que salga.

ISIDORA.- No importa que le vea.

ALEJANDRO.- Ya no me voy. Quiero hablarle.

ISIDRO.- (**Por el portal.**) Señor mío: ya sé lo que aquí pasa. Cumplido por parte de mi hija, el deber de informar a usted de su infortunio, no puedo consentir que permanezca un momento más en mi casa el hombre que se obstina en negarnos la reparación que nos debe.

ISIDORA.- No se trata de reparación.

ISIDRO.- ¿Que no?

TRINIDAD.- ¿Cómo?

ISIDORA.- He conseguido el triunfo inmenso de reconciliarle con la vida, y esto me basta.

SANTOS.- No basta, no. ¿Verdad?

ISIDRO.- No me doy por satisfecho con ese triunfo.

ALEJANDRO.- Ni yo. Quiero más. La vida mía no es lo que más aprecio. Bien sé que no debo aspirar a vida más completa y dichosa. Soy pobre, nada valgo. No merezco ese bien.

ISIDORA.- Sí lo mereces... (**Pausa.**) Chiquillo: abraza a tus padres.

ISIDRO.- ¡Oh!, sí.

TRINITA.- (**Por la izquierda.**) ¿Ves? Se casan.

SERAFINITO.- Me alegro... Uno más al trabajo.

ISIDORA.- Serás mi sostén, mi defensa, mi apoyo en esta lucha formidable; y mi victoria, si la consigo, será también la tuya.

ALEJANDRO.- (**Con entusiasmo.**) Gracias a Dios. Ya pareció un fin para mi pobre existencia.

TRINIDAD.- ¡Bendígaos Dios!

ISIDRO.- ¡Hijos míos, mi alegría, mi consuelo!...

SANTOS.- Y creedlo porque os lo digo yo: los hijos de estos hijos, serán la perfección humana.

ISIDRO.- Nuevo milagro es este de tu constancia, de tu espíritu valiente.

ISIDORA.- ¡Oh!, ¡preciosa fuerza del alma! Aquí te tengo, aquí. Contigo salvé a los míos de la miseria. Contigo he de hacer aún grandes cosas.

FIN DE LA COMEDIA